好好吃大冒險2

棄食島之 怪咖食物小鎮

阿德蝸／著　米奇鰻／圖

哪些食物稱得上「怪咖」？

推薦序

戴上AR視鏡的奇幻旅行

許建崑（中華民國兒童文學學會理事長）

古代的秀才待在家裡，努力讀書，就可以嫻熟天文、地理，懂得保國衛民的辦法？而現代繁忙又多元的社會，在校學生背誦幾本書，也有這樣的通天本事嗎？別擔心，戴上AR視鏡，跟著阿德蝸走一趟神奇怪咖食物小鎮之旅，就知道「天下無難事」。

首先，我們搭乘人工智能阿吉駕駛的九人座小巴出發，不僅舒適安全，還可以無聲無息的往返八百多公里的公路旅程。為什麼要走這趟旅程？阿德蝸要我們看見三星蔥、茭白筍、芋頭、苦瓜、花生、菱角、紅蘿蔔、蓮藕、洋蔥，長在田園的情形。各地的親善大使幫我們解說：在什麼季節收成？有什麼病蟲害？怎樣防治？惡劣的天氣會不會傷害農作物？或者助長了它們？也請我們品嘗了這些植物烹調出來的美食。有時候還搭配詩詞、歌謠、俗語、九宮格，讓我們做文學的聯想遊戲。

你瞧！我們到了田園現場，看見植物成長過程；聽見解說，理解農夫辛勤工作的項目，也嗅到果蔬特有香味，品嘗了不同的美味。視、聽、嗅、嘗、思，五感都到位了。如果你玩過AR視鏡，就可以了解阿德蝸筆下逼真入神的本領。

如果要細究下去。在書中，阿德蝸對果蔬的根、莖、葉、果、花、蕊的描述，可獲得許多植物學知識；而田間鳥、蟲、螺、菌的旁襯，氣象、風寒的幻化，讓我們理解四季變遷，以及果蔬成熟的奧祕。要是跟著書中旅程走，從宜蘭三星、新北三芝、臺中大甲、彰化二水等等，走到屏東恆春，一路的鄉鎮風情，也幫助我們認識臺灣之美。

作者序

了解本地食材的身世故事

延續第一本《棄食島大翻身》的故事，《怪咖食物小鎮》同樣是從「食農教育」的角度出發的，食物是維持生命所需的基本，各種美味蔬果都可以在臺灣這塊土地上豐饒起來，不同季節各有其特色的農產供給。但，唯有透過食農教育的推廣，才有機會加強我們的孩子對健康食物的認知，本土在地食材的了解，進而能使他們喜歡、接受這些來自土地的美味。

「怪咖食物小鎮」不是專指某個小鎮，而是由九個不同的鄉、鎮或區組合起來的聯盟，分別是指三星蔥、茭白筍、芋頭、苦瓜、花生、紅蘿蔔、菱角、蓮藕、洋蔥這九種餐桌上常見的農產食材的產地。至於「怪咖」一般是指性情行為古怪或稟賦才能出眾，異於常人的人。而這指的是其獨特的生長過程、生存習性。

從小黑貓帶來一封「來自怪咖食物小鎮的邀請函」開始，故事的序幕也跟著揭起，為了完成邀請卡上「福爾摩沙徽章」的九宮格，故事主角黃裕民和玉米超人，他們又將遭遇到什麼樣的風險呢？

得到「福爾摩沙徽章」就代表這農產品是一種有特色的優良在地食材，這是身為農產品本身的最大榮耀，隨著故事的主角帶領我們進到各個特色小鎮，協助其得到「福爾摩沙徽章」的過程中，我們會看見這些在地食物最真實的風景，彷彿自己也深入其中。

本書除了將上述九種農產品相關的知識融入到文字裡外，一路阻撓黃裕民一行人執行任務的「影子」在奇幻情節扮演著重要的角色，這

「影子」到底是「誰」？他為什麼要這麼做，難道玉米超人都沒發現，沒提醒他的主人——黃裕民嗎？

閱讀是學習的根本，我自己也是在閱讀過許多相關資料後，才釐清許多過去對這些食物一知半解的知識。也因為自己對這些在地農產品的進一步了解，每當我品嘗它們時，總會想起這樣的美味是造就在其艱困的生存環境和農民的悉心照料下。那一刻，農產品本身與人、土地之間的情感通通連結在一起，心中的感謝之情隨之油然而生。

這些農產品的身世故事，真的需要我們來認識和關心，因為它們每一個都是臺灣重要的地方特產，都是大地滋養出來的，保護它們生長的環境是我們每一個人的天職。

角色

黃裕民

綽號黃玉米，腦筋靈活、推理能力優異的小學生，總是在書包或褲環上掛著「玉米超人」的布娃娃。

玉米超人

黃裕民書包上掛著的布娃娃，是玉米的阿嬤親手製作送他的禮物。

登場

紀小妍

玉米的同學，冰雪聰明又盡責的班長，是班上許多男生暗戀的對象。

米美如

玉米的同學，個性嗆辣，喜歡和男生鬥嘴，因為有一頭捲髮，加上姓米，被叫米粉妹。

王豐

綽號土豆，玉米的同學兼死黨，是個愛搞笑、不怕獻醜的天兵。

目錄

推薦序 戴上AR視鏡的奇幻旅行 許建崑 04

作者序 了解本地食材的身世故事 06

01 消失的福爾摩沙徽章 14

02 青蔥界的貴公子 32

03 茭白公主美人腿 52

04 九降風下的芋頭國王 70

05 苦瓜食堂的滋味 86

06 花生幸福小鎮……104
07 菱角鳥的友善之城……122
08 紅將軍的超級任務……140
09 蓮花仙子葉田田……158
10 愛吹風的洋蔥大使……176
11 重返人類世界……194
12 後記……210
附錄 怪咖食物小鎮「超級菜居民」圖錄……212

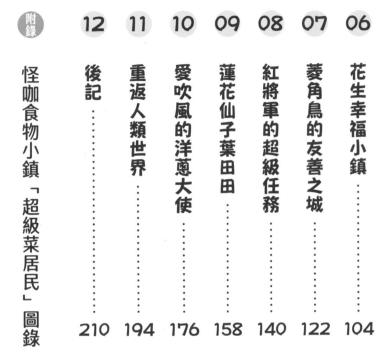

01 消失的福爾摩沙徽章

再過十多天就要放暑假了，班上同學不少人的心已經開始在空中飄啊飄的。原本我以為大家就要這樣順順利利的過完剩下幾天，沒想到我在上學途中「邂逅」的一隻小黑貓，卻在我不知情的情況下，一路偷偷跟著我進到教室，讓星期一一早的教室突然熱鬧了起來。

「哇……好可愛的小黑貓。」

「裕民，牠叫什麼名字？」

「是你養的嗎？」

「我？什麼貓？」

當我一頭霧水的轉身一看後，才知道「事情大條了」。

面對班上同學熱情的反應，小黑貓顯得有些害怕，畏縮在我腳邊，這動作更是讓我「跳到黃河也洗不清」。

「裕民，你怎麼把貓帶到學校來？」

突然出現的夏老師，帶著嚴厲的指責聲倏然從我身後竄出，嚇了我一大跳。

「老師，這是有原因的……」我連忙解釋是貓咪偷偷跟著我的。

「看來，這隻貓已經跟定你了，你打算怎麼辦？」

「老師，我可以先幫忙照顧小黑貓，再看有沒有人要領養。」小妍站出來見義勇為的說。

「我也可以。」

「我也要。」

小妍一表態後，不少同學一窩蜂的跟進，當然其中很多人是湊熱鬧的，但這突如其來的變化反而讓夏老師陷入沉思。

「所以，你們打算先讓小黑貓留在教室裡？」老師的語氣總算和緩下來。

看到圍在老師身邊的同學紛紛附和，我也識趣的跟著點頭。

「好吧！那就讓你們照顧到星期五。」

「耶……」

事情定案後，夏老師特地從學校的儲藏室翻出一個以前養兔子的籠子放在教室裡，做為小黑貓臨時的家。

小黑貓的人氣很旺，下課時，大夥兒總愛圍著籠子看牠。

可是，就在事情都朝好的方向發展時，第二天發生了文祥伸手去抓小黑貓的後腳，小黑貓受到驚嚇「出掌」回擊，不小心就在他的手背上留下三道破皮的抓痕。

「好痛！」文祥大叫一聲。

「我討厭貓，快把牠帶走啦！」

「我就說吧！貓是危險的動物。」

「沒錯，我阿嬤說過黑貓就是有點邪門。」

經這一事件後，文祥對小黑貓的態度變了，連帶影響了一些原本在觀望的同學。

就當不同意見的兩派人馬出現爭辯時，夏老師說話了，「我們每個人都有自己的習慣、個性，貓也是一樣，牠們也有自己獨特的個性和打招呼方式。認識牠、了解牠，就會喜歡牠。我們身為萬物之靈，就有責任用心去認識和了解我們生活周遭的其他生命。」

夏老師的話暫時化解兩方爭議，小黑貓當然不知道發生什麼事，牠偶爾會被放風出來，在教室裡東晃西逛的，肚子餓了就回到籠子裡吃吃喝喝。

星期三，夏老師帶來一個好消息，說學校的趙老師願意收養小黑貓，乍聽到這消息時，大家都很替小黑貓感到開心，牠終於有家了，但在開心之餘，小妍卻多了一份失落感。

老師還說：「明天是小黑貓留在教室的最後一天，你們就別讓牠再出籠子了，以免有突發的狀況發生，讓趙老師到時接不到貓。」

「好。」

不料，星期四一早，教室門一打開小黑貓就衝了出去，完全不見蹤影，大家圍著貓籠看，心裡浮現的共同疑問是：「小黑貓到底是怎麼逃出籠子的？」

這件事讓夏老師很擔心，在第二節下課時請班上同學到校園幫忙找找。

「小黑貓。」

「黑仔。」

「黑喵喵。」

小黑貓沒有名字，因此大家都「各叫各的」，就當我和小妍朝農場方向尋去時，意外看到小黑貓在龍眼樹下急躁的走來走去。

我注意到小黑貓嘴裡好像叼著東西，心裡突然有種「這該不會是現代版的另一種『黑貓報恩』」的不妙感。

「小黑貓咬的該不會是老鼠

吧！」小妍的臆測更讓我感到有些不安。

「看樣子不像。」儘管我嘴裡是這麼說，但心裡想的卻是「希望不是，一定不是。」

突然，小妍小跑步的趨前察看，我也機靈的跟上，就在接近龍眼樹時，小黑貓一個縱躍，很輕盈的跳上樹，接著又一躍，跳上了約有兩公尺高的杈椏處後就停了下來，跟著轉頭望向我們，似乎在示意我們「快點過來。」。

「牠咬的是一張紙耶！」

「那太好了。」我心裡暗暗慶幸著。

不料，就在我們來到龍眼樹下時，小黑貓反而眼睛一眨也不眨的盯著地上看。

「黑仔，下來。」小妍揮手輕聲喚著。

我們都怕動作太大嚇跑了牠，便很有默契的不再亂動。

小黑貓沒有反應，我和小妍繞著樹緩緩來到牠的正面後，小妍又說了一次「黑仔，下來。」

小黑貓這次好像聽懂了，牠很快的就跳了下來，跟著把嘴裡叼著的「紙」放在我腳邊，「喵喵」的叫了兩聲後，就一溜煙的朝校舍方向飛奔而去。

「是黑仔送的禮物，你要好好珍惜喔！」小妍意有所指的掩著嘴偷笑著說。

怎知，當我把「紙」從地上撿起來後，才發現那不是「紙」，而是裝著小卡片的信封，信封上沒有收件人，還沾了些泥土，我和小妍狐疑的相視互看後，決定打開來看。

「這是來自怪咖食物小鎮的邀請」

卡片不大，但這幾個字卻斗大的印在卡片正面上方。

「怪咖食物小鎮？那是哪裡？怎麼沒聽過？要怎麼去？」小妍語氣緊張的問。

我望向她一眼後，只能無奈的搖搖頭，在翻到卡片背面，想看有沒有其他訊息，卻只見到一個九宮格，每個格子裡都各畫有一福爾摩沙圖案的勳章，每個勳章上又寫著不同的農作物。

「苦瓜、洋蔥、花生……」我喃喃的念著。

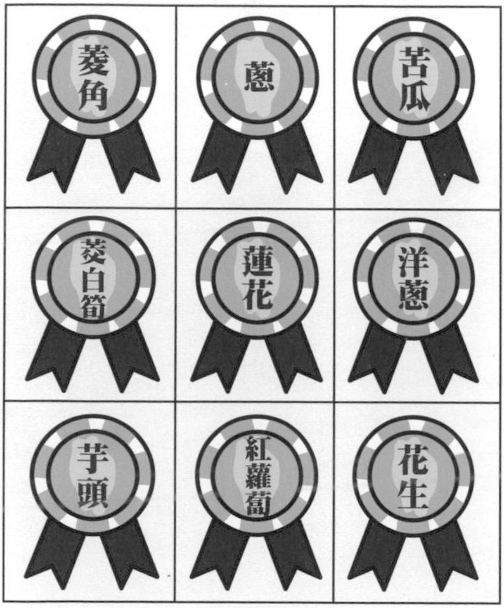

「這是什麼？玩連連看的遊戲嗎？」

小妍的問題我無法回答，讓我感到有些懊惱。

「小黑貓是從哪『找到』這邀請卡的呢？這邀請卡到底是要邀請誰呢？」

就在我和小妍心中的疑惑來到最高點時，這九宮格內的圖案就像暈開似的，慢慢的消失在卡片上，讓人驚駭莫名。

「哇，不見了，好恐怖。」

「這……這怎麼回事？」

小黑貓並沒有回到教室，放學時趙老師接不到貓心裡有些失落，班上同學的心情也跟著都不太好。

回到家後，我把邀請卡從書包裡拿出來，在書桌前仔仔細細的又瞧了一遍，仍看不出什麼端倪來。

這時，妹妹突然打開我房門衝了進來，她左聞聞，右聞聞後，忍不住問道：

「哥，你是不是偷吃了蔥油餅？」

「蔥油餅？沒有啊！」

「不然，你房間裡怎麼會有蔥的味道？」

「我看是妳自己肚子餓、嘴饞了吧！」

「真的沒偷吃？」妹妹不相信還刻意把鼻子湊過來聞。

「沒有。」我斬釘截鐵的回應她。

最後，因找不到任何證據，妹妹只能嘟著嘴，心不甘情不願的走回自己的房間裡。

原本我的精神狀況還不錯，但被妹妹這麼一搞，疲倦感突然來襲，躺到床上沒多久就昏昏沉沉的睡著了，還做了一個夢。

在夢中的我正靠著意志力在天際間飛來飛去，在雲霧間任意穿梭，就像是「超人」一樣，只是少了披風，突然間，我無法控制我自己，開始在空中翻滾著，猶如被一股強大的吸力吸向遠方的黑暗處，直到很接近時，我才發現那其實是一團黑雲。這團黑雲開始在我眼前聚集，重新排列組合成一個有點熟悉，卻陰森的恐怖臉孔，還詭異的對著我笑著說：「有膽就來。」

聽到這彷彿來自地獄的聲音，讓我感到十分驚訝，我害怕得想大聲喊叫，但風壓讓我幾乎開不了口，這團黑雲仍繼續不斷轉換組合，看得我眼花撩亂。

突然，我醒了過來，這一睜開眼睛就看到玉米超人站在我床邊，我坐起身來還來不及開口，他就先問：「你做了夢，對吧！」

「嗯。」我點點頭。

「有人邀請你去怪咖食物小鎮？」

「邀請我？……那是哪裡？他們找我去那邊幹嘛！」

「怪咖食物小鎮的居民各自有著獨特的生活方式，但現在都遇到了麻煩，需要你幫忙。」

「發生了什麼事？」我問。

「他們擁有的『福爾摩沙徽章』正遭受到存廢危機，有外力在破壞、在阻擾他們繼續保有『福爾摩沙徽章』。」

「『福爾摩沙勳章』和『外力』那是什麼東西？」

「自從棄食島大翻身後，那裡的變化真的非常的巨大，許多各具特色的小鎮，如雨後春筍的出現，其中，包含苦瓜精家鄉的九個小鎮，已經得到『福爾摩沙勳章』，這勳章代表該農產品是一種優良的在地食材。」玉米超人不厭其煩的解釋著。

「至於『外力』，他自稱是『暗黑客』。」玉米超人提到外力時，臉上突然有一抹陰影閃過。

現在我有點懂了，這怪咖食物小鎮不是專指某個小鎮，而是由九個不同小鎮組成的。

「那我要怎麼前往怪咖食物小鎮？」

「到時我會來接你。」

「那……她呢？」

「米粉妹他們會一起過去。」

我問的「她」指的是小妍，玉米超人卻回應我「米粉妹」，嚇得我「第二次」從夢中驚醒，原來我是做了夢中夢。

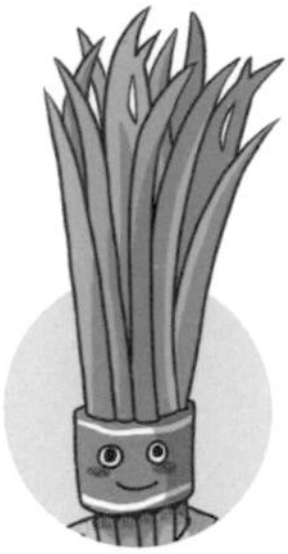

02 青蔥界的貴公子

課堂上社會老師正在介紹臺灣各地的農產品，因為已經是第四節課，再加上老師介紹的太好，讓班上不少同學都覺得自己餓了。我則因那個夢中夢的關係而無心聽講，忍不住的又一次低頭看著褲環上的玉米超人布偶，尋思著：「明明知道我指的『她』是小妍，玉米超人為什麼故意說成米粉妹呢？」

突然，社會老師嚴厲的聲音讓我回到課堂上的真實世界。

「陳道輝，你是不是故意的？」老師板起臉孔問。

「老師，他是故意的。」米粉妹劈頭就說。

「我不是。」陳道輝立刻否認。

「老師，他一定是故意的。」

「你又不是我，怎會知道我是不是故意的？」

「說的也是，『子非魚，安知魚之樂。』，既然陳道輝說他不是故意的，我願意相信他。」

儘管米粉妹還在底下嘰哩咕嚕的抗議著，但老師都這麼說了，她也只能「忍氣吞聲」。

原來，當社會老師一介紹到三星蔥時，陳道輝就一直在底下喊著「Samsung衝啊！Samsung衝啊！」，然後土豆也跟著喊「衝啊！衝啊！」，搞得其他同學哄堂大笑，教室於是亂成一團。

老實說，就我對豆花的了解，這件事他九成九是故意的，社會老師最後選擇相信他，可見其肚子是能撐船的。

騷動解除後，老師繼續講課，我聽著聽著眼睛竟不自覺得朦朧了起來……

「裕民，裕民，快起來，不要再睡了，我們要去第一站的怪咖食物小鎮了。」

「咦，我怎麼睡著了。」

我揉著惺忪的雙眼，看到一旁站著玉米超人，心裡很是納悶，記得自己明明在上社會課，怎麼會不知不覺的睡著了。

「快點，他們已經在那裡等了。」

在我腦袋還沒來得及清醒，玉米超人就已經拉著我走出教室。

意識朦朧中，我看到校長出現在樓梯轉角處，精神突然一振，連忙向他問好。

「校長好。」

校長平常很平易近人的，沒想到這一次他無視我的存在，連點頭都沒有，讓我有些詫異，但詫異很快就讓接下來的驚恐給取代。

「那……那……鳥……怎麼停在……停在半空中。」

「抱歉，我忘了跟你說，現在這裡的時間是靜止的。」玉米超人解釋著。

「你是說……像電影演的那樣時間暫停？」

「是的。」

這下我終於明白為什麼校長沒回應我的招呼了。

沒多久，我們來到了位在校園角落的廢棄倉庫前。

「到了。」

「就這裡？」

「沒錯。」

玉米超人點頭的同時，一腳已跨進倉庫大門，我也跟著進去。

「原來你在這裡！」我驚呼。

一踏進倉庫內我就發現大家遍尋不著的小黑貓正坐在畫有九宮格的地面上，我正想上前去「打招呼」時，沒想到黑貓竟突然拱起背，全身炸毛，齜牙咧嘴，對著我發出低吼聲。

我被黑貓突如其來的反應給嚇退了兩步的同時，眼前的黑貓竟突然化作一團黑色煙霧，跟著又凝聚成和夢中出現過的一樣的「人形」，最後被吸進地上的九宮格裡。

「這……」

這些變化都發生在電光石火間，一個接著一個，完全沒有讓我看清楚的機會，就全都消失不見，讓我驚訝的幾乎說不出話來。

「這也許是『暗黑客』的化身。」玉米超人低聲的說。

「企圖破壞怪咖食物小鎮的『暗黑客』？」

「對。」

儘管事發突然我沒看清楚，但這暗黑客的身形倒是有種很熟悉的感覺。

「走吧！我們該出發了。」

在玉米超人的示意下，我小心翼翼的踩上九宮格。

瞬間，我眼前一片黑暗，跟著身體向下一沉，猶如墜入深淵，等光線亮了，眼睛能看到東西時，我才發現自己竟然在一臺九人座的小巴士上，一旁的土豆正揉著眼睛，小妍和米粉妹則坐在我後排的座位上打著哈欠，看樣子她們兩個也是才剛被玉米超人叫醒。

「我怎麼會在這裡？」小妍驚呼著問。

「這……這裡……是哪兒？」土豆和米粉妹也跟著驚呼。

「你們來這裡是有任務的，裕民等等會跟你們說。」

「等等……我還是有點沒弄清楚，我現在是仍在做夢呢？還是已經來到另一個時空，就像出現在棄食島那樣？」我問。

「你們處在時間靜止中的現實與另一個時空之間。」

「『現實與另一個時空之間』？那是什麼意思？」小妍問。

「現實是你們將前往怪咖食物小鎮的第一站，但同時你們又可以在不同的時空中穿梭。」

「等等，你們到底在說什麼？我怎麼都聽不懂？我只想知道為什麼現在我會在這裡？」

「米粉妹，妳先冷靜一下，我解釋給妳聽。」

待小妍將我們在棄食島發生過的事說明一遍後，米粉妹的情緒才緩和下來，繼續聽我們說話。

「怪咖食物小鎮？那是哪裡？」土豆問。

「三星蔥小鎮。」玉米超人回應說。

「三星……那是我出生的地方。」

米粉妹此話一出，我終於了解米粉妹加入我們的原因。

「那我們的任務是什麼？」

我簡略的將自己知道的事說了一遍後，竟意外引起土豆高度的興趣，直問：「所以，我們這次的對手是『暗黑客』？」

「應該是這樣沒錯。」

「可是暗黑客是誰？我們都不知道……還能做什麼……」

小妍說得一點也沒錯，除了暗黑客這三個字外，我們什麼也不知道，「知己知彼，百戰百勝」這句話，現在一點用處也沒有。

「你們好，我叫『阿吉』是這輛福爾摩沙號的駕駛，我們已經到了目的地，等一下下車時要注意安全。」

駕駛座突然傳來聲音，我才意識到車上還有駕駛存在，我往前看去，並沒看到任何人，心裡愣了一下。

「福爾摩沙號是人工智慧的結晶，駕駛阿吉只是虛擬人物。」

聽到玉米超人的解釋後，我們才知道這是怎麼一回事。

小巴的速度緩了下來，最後車子就停在電線桿旁，我們一下車，映入眼簾的是一個矗立在小鎮入口處的牌樓，上面寫著「怪咖食物小鎮」。

嬌貴的蔥公子

我們一踏進這「小鎮」就聞到空氣中瀰漫著「蔥」的味道，而走在後頭的土豆跟米粉妹此時卻不知為了什麼突然吵了起來。

「妳算哪根蔥啊！」

「我是道道地地出生在宜蘭三星的『三星蔥』。」

被米粉妹這麼有力的一嗆，土豆的士氣完全的崩塌。

「你們兩個再吵可就丟了我們人類世界的臉。」小妍出聲警告。

「沒錯，我帶你們重回棄食島是要協助這些有特色的在地居民……咦，你們看，青蔥界的貴公子就在那裡。」

隨著玉米超人指的方向，眼前果真有一風流倜儻的青蔥，正被一票大蔥、北蔥和粉蔥等蔥家族成員給團團包圍住，看來他就是名聞遐邇的「三星蔥哥」，我們連忙湊上前去聽他在說什麼。

「三星蔥指的就是宜蘭縣三星鄉所出產的蔥，並不是什麼特別品種的蔥。」三星蔥哥拍拍油亮亮的綠色上衣和一雙穿著白色長褲的長腿後接著說：「我們會成為蔥白長、蔥味濃郁、帶有甜味的蔥界大明星，還得多虧這裡特殊的地理環境與氣候。」

「原來三星蔥指的是宜蘭三星這地方生產的蔥，豆花的『Samsung衝啊！』根本就是亂扯一通。」土豆恍然大悟的說。

「他本來就是在胡說八道，你竟然到現在才知道。」米粉妹不以為然的用鼻孔瞪了瞪土豆。

由於圍在三星蔥哥身邊外圍的大蔥們不斷的擁上前，想一睹其丰采，這一推一擠間，竟讓三星蔥哥突然「啊……」一聲尖叫後，就這麼眼白一翻，整個人癱軟在地上。

「怎麼辦？」我們四個跟著大家一起慌了。

玉米超人見狀連忙衝上前去檢查三星蔥哥的狀況，發現他只是因體溫升高，身體有點脫水而已。

「來來來，大家退開一點，我們讓他有點呼吸喘息的空間，再多給他點水喝，等一下就會醒來了！」

玉米超人邊安撫其他蔥迷，邊把隨身攜帶的清水適量倒進三星蔥哥的腳上，好讓他把水慢慢吸上去。

沒多久，三星蔥哥終於甦醒了。

「好險，沒事了。」

為了感謝玉米超人的救命之恩，三星蔥哥大方邀請我們到他家裡看看。

被偷走的稻草

在約莫兩分鐘的路程中，三星蔥哥的眼神不時都在偷瞄玉米超人，感覺在打量什麼似的，讓我內心充滿疑竇，直到我們來到三星蔥哥從小成長的地方。

「我看過別的地方的蔥田，但這裡的畦似乎更高些。」我說。

「我也這樣覺得，這一路上我們上上下下的行走有點不便。」土豆答腔著。

「沒錯，這裡的畦確實是比其他地方來得高，這是因為三星地區多雨，土壤容易被雨水沖刷流失，所以蔥農在整地做畦後，會再鋪上厚厚乾稻草來保護畦土與蔥苗，藉由稻草的保護，可以讓過多的雨水流到畦與畦之間的凹槽，不讓蔥田受到破壞。」

「利用大自然裡的天然稻草來護畦，真是聰明又環保的作法。」

小妍由衷的讚美著。

「啊。」

突然，走在前頭的三星蔥哥又一次大叫，大夥兒以為他又要昏倒了，連忙上前扶著他，關心的問：「怎麼了？」

「稻草又被偷了。」

「你說『又』，表示這不是第一次？」

「對，已經好幾次了。」

「『暗黑客』幹的？」

「雖然我只見過他的身影，但這黑色影像卻已牢牢印在我的腦海裡，應該就是你說的『暗黑客』。」

「他是什麼樣子？為什麼你說『見過他的身影』，又說是『黑色影像』？」

「這『暗黑客』出現時就像影子那般的黑，且只有輪廓，所以我才說是『黑色影像』。」

「是怎樣的輪廓？」我想問個明白。

「我也無法肯定。」

儘管三星蔥哥嘴巴這麼說，但他的眼神卻是望向不遠處，我的目光也

跟著看去，才發現那方向只有背對著我們的玉米超人。

「沒關係，那我們幫你再把稻草鋪上。」小妍說。

「謝謝。」

在大太陽底下，大家彎著腰幫忙將裸露的畦土再覆上稻草，玉米超人也過來幫忙，在大汗淋漓中，我突然發現身旁不太協調的現象。

「咦，玉米超人你的影子好像怪怪的。」

「有嗎？」

玉米超人趕緊站起身來，右腳似乎暗暗使勁地踩著腳下的土。

「沒有，沒有，可能是我看錯了。」

在費了九牛二虎之力後，我們才將蔥田恢復原狀。

「勞動之後我的肚子開始餓了，不知你們這邊有什麼好吃的

『蔥』食物啊！」

「土豆，你不害臊，怎麼可以直接跟人家開口要東西吃。」米粉妹指著土豆說。

「呵呵，這我早就準備好了，我們有『三星蔥蔥油餅』和『三星蔥炒蛋』。」

三星蔥哥手這麼一揮，這美味的在地食物就被送到我們眼前。

我輕輕的咬了一口，這香甜濃郁的蔥味直灌我整個身體，讓我更能體會這好吃、嬌貴的三星蔥正是蔥農們辛苦呵護出來的結晶，我忍不住大喊「好吃」。

「黃裕民，什麼東西好吃？讓你非得在課堂上叫得這麼大聲。」

社會老師板著臉叫著我的名字，我才彷彿從隔世中驚醒。

「老……老師……你叫我？」

「沒錯，我想問你，什麼東西好吃？」

「蔥油餅和蔥蛋好吃，但要用三星蔥才可以喔！」

我脫口而出的回應，頓時讓同學們哄堂大笑起來，就連老師也掩著嘴，一副想笑又不敢笑的樣子。

「那你說說，剛剛我介紹了哪些關於三星蔥的事。」

老師的口氣轉為嚴厲，看來我得自求多福了。

「好。」

我不確定自己是不是真的在時空靜止時去了一趟宜蘭三星，還是

那真的只是一場夢，但可確定的是，我從三星蔥哥那邊了解不少關於三星蔥的事。

我轉頭各看了小妍、土豆和米粉妹一眼，卻發現他們都對我露出詭譎的笑，好像在說「誰叫你叫得這麼大聲」，彷彿這一切都在他們的預料之中。

雖然不確定自己所知跟老師介紹的有沒有一樣，但為了解決眼前的麻煩，便將那些還歷歷在目的「蔥知識」一五一十的說了出來。

「好……好……你介紹得很好，看來平常你是有在閱讀課外書，對三星蔥已有了充分的了解，但儘管如此，在課堂上神遊還是不好的，老師希望下次別再發生同樣的事情。」

「好，好，謝謝老師。」

03 茭白公主美人腿

那些喊肚子餓的人終於等到午餐時間，今天營養午餐的其中一道菜竟然就是跟蔥有關的「青蔥炒鮮菇」，不過，有好幾個同學在吃這道菜時都刻意把蔥挑掉，這讓夏老師「有機可乘」，再一次的要我們「惜食」。

「蔥在料理上是一種很普遍的調味品，常伴隨在主菜裡，但它其實也是一種蔬菜，你們應該要『一視同仁』的對待，不能偏食的忘記它的存在。」

「什麼？蔥是蔬菜？」

「沒錯。」

文祥一副不相信的樣子，換來夏老師的特別「關照」：「文祥，根據研究發現，多吃蔥有降低膽固醇的功用，讓膽固醇不容易在血管壁上沉積，老師覺得你應該多吃點。」

「對對對，從體型上來推測，文祥你確實應該要多吃些。」

老師的話讓米粉妹有機會「虧」文祥，但她如此的表現也沒有逃過老師的「關照」：「米粉妹妳也是，蔥能提升人體免疫力，對於預防感冒十分具有幫助。」

米粉妹「喔……」一聲後就不敢再多說，因為上星期她跟著「流行」的感冒才剛痊癒。

「此外，吃蔥還能改善長期的疲勞，幫助身體抗氧化、延緩衰老，還對預防胃癌等有功效，我前幾天還在想是不是我們的農場也來種些蔥。」

夏老師突然化身為食物營養大師，滔滔不絕的說著。

「好了，現在你們已經知道吃蔥的好處和功效後，就不應該再把蔥挑掉。」

被中斷的午餐時間終於可以繼續下去。不料，就在同學們大口扒飯開吃的瞬間，夏老師突如其來的「重點」補充，差點讓我們尚未吞下的飯給吐了出來。

「對了，蔥還富含大量果膠，也就是水溶性膳食纖維，能保持腸道的溼潤，可以預防便祕喔！如果有人已有兩天沒上廁所，就更要多

吃一些。」

也不知老師是不是故意的，一整段話聽下來，怎麼感覺「便祕」和「上廁所」這幾個字他講得特別大聲。

最後，在老師的明示和暗示之下，大家還是「很認分」的把蔥全都吃下肚。

午餐後，在飽足感的催化下，午睡時間一到好多人都是一趴就睡，而我的腦袋瓜裡因為還裝著「東西」，睡意根本就很難擠進來，也不知這樣過了多久……，我突然發現——時間又靜止了。

玉米超人果然又出現在面前，我輕聲的將小妍、土豆和米粉妹搖醒，我們一夥人跟著玉米超人往倉庫方向走去。

廢棄倉庫平常就鮮少有人會靠近，加上現在時間是被靜止的，因此我們四個就「很大方」的走了進去。

「又要出任務了嗎？」

「嗯！」

「我們這次要去哪？」

「茭白筍王國。」

玉米超人語氣有點「僵硬」，讓我感到有些訝異，玉米超人到底怎麼了？怎麼感覺一來到倉庫這裡，以及在怪咖食物小鎮時，他的樣子都看起來怪怪的，難道這裡面藏著我們不知道的隱情。

倒是土豆和米粉妹這兩個「天真浪漫」的傢伙，一聽到要去「茭白筍王國」顯得相當興奮。

大夥兒毫不猶豫的一起踏上九宮格，又經歷了一次「墜落」，等大家都能看清楚彼此時，我們都已經在九人座的小巴上了。

駕駛阿吉注意到我們出現，立即熱情招呼：「大家好，我是阿吉，歡迎再次搭乘福爾摩沙號，今天我們將前往新北的三芝。」

一路上，車廂內滿是歡笑聲，當來到「茭白筍王國」外圍時，我們提早下車，大家邊走邊聊，心情都是一派的輕鬆，突然茭白筍田裡竟傳出像是狗「汪～汪～」的叫聲。

「咦！會不會是有小狗掉進田裡，怎麼辦？我們快救牠。」

愛動物的小妍忍不住慌張了起來。

「等等，應該不是小狗，這是狗蛙的叫聲。」

我解釋後，要大家再仔細凝聽一次，果真能分辨出兩者的不同。

「狗蛙？那是什麼？是長得像狗的青蛙嗎？」

「還是青蛙長得像狗？」

我不知「長得像狗的青蛙」跟「青蛙長得像狗」有什麼差別，但很肯定的是土豆跟米粉妹真的很愛「抬槓」。

「是貢德氏赤蛙，因為牠的叫聲像狗，所以才被膩稱為狗蛙。」

「原來如此。」

「不早說！」

看到他們的反應只能用三個字來形容「不受教」。

又走了一會兒，「怪咖食物小鎮」的牌樓已矗立在眼前。這時，原本走在後頭的玉米超人突然竄到我們前面說：「待會兒我介紹一個新朋友讓你們認識。」

「是怎樣的朋友？」

「茭白筍王國的公主。」

一聽到對方是公主，大家的眼睛都亮了起來，就在這時，牌樓後方傳出一陣歡呼聲，有個聲音大喊著：「公主駕到」，看來是茭白筍王國的公主親自來迎接我們了。

寄生的菰黑穗菌

公主一現身，隨即就吸引住我們的目光，她身材高䠷，蔥綠色的身體，有著白中帶綠漂亮的長腿，就連圍在她身邊的人也都是差不多是這樣的身形。

「這是茭白筍王國的公主。」

在玉米超人介紹下，小妍、米粉妹和土豆一一向公主致意。

不料，就在我準備自我介紹時，公主卻主動先說：「我認識你，你是黃裕民對吧！」

「嗯」

我受寵若驚的點點頭，心想，沒想到我在這另一時空的怪咖食物小鎮是這麼有名氣。

這時，突然颳起一陣風，公主髮梢上的小水珠就這麼被風吹下，有些還滴在我的臉上，公主感到有些不好意思的說：「抱歉抱歉，為了趕來迎接你們，我還來不及把身體弄乾，就出門了。」

「妳剛洗完澡？」土豆問。

「呵……不是，我們茭白筍住在水裡，是一種水生植物，喜歡溫暖氣候，日照充足的環境。」公主笑得有點尷尬。

「妳身上好像沾到髒東西了，有黑黑一點一點的耶！」土豆又小聲的說。

「那不是髒東西啦，那是菰黑穗菌！其實，我們茭白筍能夠長得如此白嫩、美味可口，都要歸功於『菰黑穗菌』的幫忙。」

茭白筍公主說出一個鮮為人知的祕密。

「菰黑穗菌？」

「這菰黑穗菌會讓茭白莖部變大，變成大家所熟知的茭白筍。」

「茭白？那又是什麼？」

「茭白是具有地下莖的禾本科菰屬水生植物，你們人類吃的就是因菰黑穗菌寄生刺激而形成的筍狀莖，也就是所謂的『茭白筍』，不過，這件事也不是萬無一失的，如果茭白本身過於強壯的話，菰黑穗菌也無法進入寄生，即使寄生了，有時也會因氣候等因素，而無法順利生長。」

「這可新鮮了，我原本以為『被寄生』不是一件好事，沒想到若沒有菰黑穗菌作怪就不會有茭白筍，那茭白筍上的黑點該不會就是菰黑穗菌吧！」

「沒錯，裕民你真聰明。」

在和茭白筍公主一連串的對話中，我了解了不少事，也為此感到很不可思議。

「真是一個大怪咖，沒事就愛讓真菌寄生。」

米粉妹又犯嘀咕了，但這次她說得太大聲，全被公主給聽到，好在公主不以為意的笑著說：「你們倒也不必過度擔心茭白筍切面上的黑點，這菰黑穗菌即使吃下肚，是不會對人體有什麼傷害的。」

茭白筍的惡鄰

「不過，我們茭白筍王國有個惡鄰，不是菰黑穗菌，而是惡名昭彰的福壽螺。」茭白筍公主說這話時，神情露出害怕的模樣來。

「這福壽螺是強勢的外來入侵種，真是讓人討厭。」我說。

「對，牠們的生命力和繁衍力都很強，還會把我們啃到受傷，造成龐大的損失，因此，農夫就必須時常下到水田裡撿拾福壽螺，但最近很奇怪的是，有些暫放在農夫家裡的福壽螺，常常又莫名其妙的自己跑回田裡。」

「這事真的很怪。」我自言自語著。

「公主，我來幫妳們撿拾福壽螺。」土豆手插腰間，一副要跟人「拼命」的樣子，看起來有點好笑。

「謝謝，那請跟我來。」

公主也毫不客氣的答應，在土豆眼神示意下，我們一路跟著公主來到了筊白筍水田。

「等等我再招待大家。」

公主掩著嘴笑著先離開。

我們四個脫下鞋襪後，開

始在水田裡撿拾福壽螺和牠的卵粒，玉米超人則在一旁看著，那些被撿拾的福壽螺和卵粒都一袋一袋的放在田埂上。

「這是第五袋了。」

在我一旁撿拾的土豆將他手中的袋子放在田埂上時，還大聲向我們邀功。

「什麼第五袋，土豆你會不會算術，我手上的才是第五袋。」

沒多久，傳來米粉妹貶低土豆數學程度的聲音。

「怎麼可能，我放上去時還特地算過，不然怎麼會大喊『這是第五袋了』。」

「那你說，你放在哪裡？」

「我就放在這裡……咦？怎麼不見了？我明明是放在這裡……」

土豆一時間啞口了，也迷糊了，但迷糊的卻不只他一個。

「其實，剛剛聽到土豆喊『這是第五袋了』時，我心裡也愣了一下，因為在土豆之前，我放時也有數過，我的也是第五袋。」

小妍的一番話讓大家都迷糊了。

「這是怎麼一回事？」我問。

「該不會是『暗黑客』在搞鬼吧！」小妍說。

「怎麼說？」米粉妹問。

「你想，如果這些福壽螺怎麼除都除不完的話，就有可能逼得農夫使用防治藥劑，這防治藥劑一用，『茭白筍王國』可能就會被收回福爾摩沙勳章。」小妍的解釋合情合理。

「那我們現在應該怎麼辦？」土豆問。

「生物防治應該是不錯的方法，用一物剋一物的方式來解決。」我想了想回答說。

「生物防治不但可以保護到環境，也顧及到食品的安全。」小妍回應著。

「那要怎麼做？」土豆又問。

「我在書裡面有看過，曾有農民在水田裡養殖鯰魚、鴨子等，來吃福壽螺和其他蟲害，而且鯰魚、鴨子的排泄物還能當作物成長的養分，可說是一舉二得，我覺得這經驗可供『茭白筍王國』參考。」

「謝謝你，裕民，我就知道找你來一定是對的，一起來吃吧！這道『醬炒茭白筍』可是我最拿手的一道菜，你們來品嘗看看。」

公主手上捧著食物再次出現了，沒想到我的話全被她聽見了，怪不好意思的。就在我們享受公主的手藝時，她繼續說著。

「三芝這裡丘陵梯田遍布且水源純淨，孕育出的茭白筍清甜潔白，夏天若因天氣炎熱而食慾不振的話，還可以直接生吃，享受其生脆的口感。」

「被公主這麼一介紹，我的肚子是愈來愈餓了。」土豆撫著肚子，一副嘴饞的模樣。

「土豆，你這個貪吃鬼，看你吃這麼多，也沒長到腦子來，還是一副二愣子樣。」

「好，如果哪天我弄出什麼好吃的東西來，妳最好不要吃。」

米粉妹還是很愛把握機會酸一下土豆，土豆也是一定會反擊，他們兩個真是不是冤家不聚頭。

「或許下一站的香味，也會讓你們胃口大開喔！」公主笑著說。

「那是哪裡？」土豆迫不及待的問。

「芋頭王國，剛好今天有芋頭季的活動。」沉默許久的玉米超人開口了。

「耶！」貪吃鬼土豆，高興得都快跳了起來。

04 九降風下的芋頭國王

「走吧！上車了。」

玉米超人的心情似乎不是很好，儘管他表現的跟平常差不多，但我仍在他眼中找到那一絲的落寞，我想這原因會不會是他也很想擁有「福爾摩沙勳章」有關，但最後事實證明，我只猜對了一部分。

「玉米超人，你很棒的。」

「謝謝。」

玉米超人轉頭向我道謝後，心情似乎沒有好轉。

「哪裡棒？」

小妍突來的回應把大家都嚇了一跳，明明她自己也覺得玉米超人很好，為什麼此時要用具有挑釁的「哪裡棒？」來反問，這態度不大像她平常溫柔婉約的形象。

而她這一問，空氣瞬間凝結了起來，整個場面被攪得很是尷尬。

「玉米是全世界總產量最高的重要糧食作物。」

直到小妍開口說出「棒」在哪裡時，我瞬間懂了，因為我的「你很棒的」聽起來就像只是敷衍的安慰話，無法讓玉米超人真正感受到自己的優點是被了解的，於是我趕緊跟著說：「玉米可做為生質燃料的原料。」

「老師說過，玉米是高營養的全穀類食物，是白米飯的六倍。」

連米粉妹都把老師的話給搬出來了。

最後的「總結」就交給土豆了，就當我們的目光全集中在他身上時，土豆卻不疾不徐的說：「玉米真的很好吃。」

這話把大家逗得呵呵大笑，就連玉米超人原本落寞的神情都給融化了。

福爾摩沙號真的有「穿越時空」的能力，除了窗外景物飛逝的畫面十分模糊，比我搭高鐵時看到的景象還快上不知多少倍外，就連季節的轉換也是穿梭自如，因此，我們很快就來到另一個怪咖食物小鎮——大甲芋頭王國。

一下車，一陣冷風襲來，感覺好像進入了不同的季節，好在滿滿的人潮，將「芋頭季」會場擠得水洩不通，才讓人感到溫暖了一些。

芋頭王國裡的每個人都很友善的向我們點頭致意，有些攤位還招待免費的食物，很快的，我們每個人的手裡都拿到一塊紫芋酥，另一隻手則拿著一杯芋頭冰沙，走沒幾步路，眼前又出現好幾盤讓人試吃的鮮芋奶酪蛋糕，在在都讓人感受到這「芋頭季」的無窮魅力。

就在我們一行人「酒足飯飽」之際，一個芋頭裝扮的「人」，快步走到我們面前，小聲的說：「我是芋頭王國的國王，感謝你們接受邀請來到這裡，請先跟我來。」

九降風下的甜蜜

就這樣，我們跟著芋頭國王來到了芋頭田。

「大甲這裡種的芋頭是水芋，與山芋芋頭不同……」

「好討厭喔！風一直把我的頭髮吹亂。」米粉妹的抱怨不僅打斷了國王閒聊的話，還將話題給岔開了。

「這是九降風的威力。」

「什麼是九降風？」我問。

「九降風是指在每年農曆九月下旬霜降之後所吹起的強風，九降風之所以風勢猛烈，其實是跟風向和地形有關，而『九降風』一詞，最早則出現在三百多年前的《臺灣府志》裡，文中稱『九月則北風初烈，或至連月，俗稱為九降風』」國王解釋著。

「該不會就是這九降風的關係，讓這裡的芋頭特別好吃。」小妍問。

「沒錯，這九降風吹得這土地的溫度頓時降了下來，芋頭在冰冷的泥土裡就像是被放進冰箱內，既不會腐爛也不會生長，就這麼慢慢的在這大自然的冰庫裡，將其澱粉轉至熟成，這樣的芋頭不但肉質較細而綿，且纖維絲又細又淡。」不愧是國王，他的說明清楚又詳盡，而且感覺好好吃喔。

「原來如此。」

我們異口同聲的一起回應，恨不得馬上就來一口「芋頭粉圓」。

「這裡的芋頭是因為一直生長在水裡，才叫『水芋』的嗎？」小妍提出疑問。

「不完全是這樣，芋頭的葉子大，雖可得到較多的陽光，但也因水分蒸發得快，所以就得在田裡灌溉更多的水。不過，我們也不是一直都泡在水裡，雖然水可以減少蟲害和其他雜草前來競爭土讓養分，但若真的泡太久，我們芋頭也是會爛掉。」

「那怎麼辦？」小妍又問。

「所以，在我們芋頭成熟前，農夫得不斷的在田裡灌水半個月，又放水半個月，這樣來來回回得辛苦約半年的時間。不過，儘管如

此，芋頭還是可算是一種水生植物。」

經過國王的說明，我們才弄懂水芋是怎麼回事。

福壽螺大作戰

「咦！那芋頭葉柄上紅紅又有點粉紅的一團是什麼？該不會也是福壽螺的卵塊吧！」眼尖的土豆有了新發現。

「那顏色較深感覺還帶著水分的，是福壽螺剛產下不久的新鮮卵團，隨著時間過去，這卵團的水分會蒸散掉，顏色也跟著變淺。福壽螺的食量大且繁殖速度驚人，牠們不但會啃食芋頭的葉柄、葉片，影響芋頭的健康外，也會啃食芋頭露出地表的球莖，造成芋頭的傷口，增加其染病的機會，在在都會影響芋頭的品質和產量。」

國王邊說邊拾起田埂邊的一隻福壽螺放進預先準備好的袋子裡，而走在田埂上的我們，自從發現第一個卵塊後，其他卵塊竟如雨後春筍般的一一出現在我們的眼簾，比在茭白筍王國看到的還多。

最後，國王停下腳步面色沉重的看著自己的芋頭王國，而國王這一看，我們都懂了。

「我們來幫你移除福壽螺。」

這次是米粉妹率先發難，她突然雙手一振，全身上下充滿了打敗福壽螺的決心，一副神力女超人準備要拯救世界的模樣。

「其實移除工作一直都在進行，但福壽螺依然氾濫成災，似乎有一股力量在『暗助』這些福壽螺。」國王憂心的說。

「暗黑客？」我問。

「應該就是了，儘管我沒親眼見過。」國王搖搖頭接著說，「我們已經在芋頭田的灌溉入水與排水口設攔截網，來降低福壽螺入侵的機會，但這攔截網常常不是莫名其妙的不見，不然就是被破壞。」

國王話一說完，我和土豆連忙往水田入水口處跑去，果真看到有福壽螺被網子給攔住。

「國王請放心，我們一定會幫您想出對付『暗黑客』的辦法的，請給我們一些時間。」

「謝謝你們。」

意外的結局

在回程的路上，國王繼續打起精神介紹著：「我們這裡的芋頭品種是『檳榔心芋』，芋頭葉行光合作用產生的養分，最後都被轉換成澱粉，儲存在它的球莖，也就是芋頭裡，澱粉愈多，球莖就愈大，口感也愈鬆軟，香味更濃。」

「其實，芋頭是種不容易照顧的作物，好在這些在農民含辛茹苦照顧下長大的芋頭，不必一次就全都採收，可以繼續留在土裡保鮮。」

國王說的一點也沒錯，農民真的很辛苦，我們應該要好好的珍惜這些得來不易的作物。

「我想應該是九降風的關係，讓留在土裡的芋頭可以保鮮。」小妍說。

「答對了，妳真聰明，在這兩三個月的時間內，農民不但可分批

採收，同時也平穩著芋頭的產銷。」

「耶……我猜對了。」

被國王稱讚的小妍顯得相當開心。

「不過，處理芋頭時要特別小心，因為有很多形狀像一束束細針狀的結晶物質被包覆在特殊的細胞裡，那是我們肉眼看不見的，但當你削芋頭皮時，這些細胞因被擠壓，導致細針狀的結晶物質跟著黏液跑出來刺激皮膚，就會造成皮膚發癢、紅腫和刺痛。」

「那是不是趕緊用水沖或是清潔劑清洗就好了。」

「不行，這樣做只會讓情況更糟。」

「為什麼？」

「因為這黏液會隨著水流到皮膚的其他的地方……」

「我懂了，因為那『細針狀的結晶物質』也會跟著到處跑。」

「沒錯，就是這樣。」

這時，一直低著頭走路的米粉妹竟然數起數來。

「一、二、三、四、五。不對啊！她頭一抬看了看我們後又低頭數了一次，一、二、三、四、五，怪了，我們有六個人怎麼只有五個影子。」

「米粉妹，妳數學不好喔！妳是不是忘了算妳自己，嘻……」

「我自己？」

終於被土豆逮到機會調侃米粉妹，就當他想乘勝追擊時，卻突然「啊！」一聲的大叫起來。

「怎麼了，被芋頭割傷嗎？」米粉妹冷笑著。

「我的水壺忘了拿。」

「你放在哪？」

「攔截網那邊。」

「我跟你一起去找。」

就這樣，其他人繼續往前走，我和土豆則轉身飛奔。

「在那裡。」

眼力超好的土豆遠遠就看到自己的水壺，但沒想到一靠近現場我們就發現攔截網已被拿起，就丟在不遠處。

「可惡，是誰幹的？」

土豆很生氣，我也很生氣，就在我將攔截網拾回，重新放回去後，意外在一根尖銳突出的鐵絲上發現一根長長的「絲」。

「這是什麼？」

我愣愣的看著。

「裕民，走了。」直到土豆拍了拍我的肩，我才大夢初醒的跟著他，往車子的方向跑去。

一上車，土豆立馬跟大家報告「壞消息」，果真引起一陣憤慨，就連平時脾氣好的小妍也直說「太可惡了。」

阿吉直到我們「抱怨」完後，才開口說：「我們要往下一站出發囉！」這時，我們才驚覺到玉米超人根本沒上車。

「玉米超人呢？」米粉妹說。

「對耶！他什麼時候不見的？」

「該不會偷偷跑去吃『芋頭麻糬酥』了吧！」土豆詭笑著。

就在大夥兒議論紛紛之際，玉米超人突然從車後出現，跟著快速的上車。

「玉米超人你到哪去了？」小妍關心的問。

「我……我沒去哪裡，就身體有點不適。不過，別擔心，現在沒事了。」

玉米超人一副極力要讓自己看起來沒事的樣子，就更讓我覺得「他有事」，不過，此刻我不想多問什麼，畢竟大家相處那麼久了，我是信得過他的。

「既然大家都到齊了，那我們就出發囉！」

就在阿吉宏亮的吆喝聲中，車子緩緩移動了，沒想到這時的我，意外看到玉米超人的綠色披風下擺，溼了一小塊。

05 苦瓜食堂的滋味

下一站就是曾經跟我們是死對頭的苦瓜精的故鄉了，當時那場激戰的畫面，現在回想起來都還有些心驚膽戰。

「苦瓜精現在不知過得怎樣了。」

「是啊！他當時的怨念那麼的大，好不容易才在大家的努力下被撫平掉。」

「真希望他一切平安順利。」

在小妍自言自語的起頭後，土豆和米粉妹也跟著懷念起來，被他

們幾個這麼一搞，我也不自覺的感性起來說：「我竟然想念起苦瓜精來，看來我是瘋了。」

「玉米超人，你呢？」

玉米超人一上車後，就一直是眼神空洞的望著前方，時而面露微笑，時而神情痛苦，甚至瞬間出現表情猙獰樣來，但似乎很快又被另一種情緒壓抑下來，我感覺出他怪怪的，卻一時間不知該說什麼，小妍似乎也發現，才故意俏皮的問他

「我……我也迫不及待想知道他的近況。」

被小妍突來一問，玉米超人愣了一下才反應過來，這一路上，玉米超人表現出跟在棄食島完全不同的樣貌。

在各有所思中，我們一路挺進到苦瓜的家鄉——彰化二水。

原本，我以為可以看到改頭換面，過著嶄新人生的「苦瓜精」，沒想到出現在眼前的竟還是一臉「苦瓜」的苦瓜精。

「你……怎麼了，看起來好像不太妙？」

苦瓜精不但一臉愁容，身上還沾黏著不少深綠色的髒東西，藤上的葉子也是破破爛爛的。

「你們終於來了。」

苦瓜精落寞的神色，配上話語中的長盼期待，聽得我心頭一酸。

「怎麼比當『苦瓜精』時的樣子還……還……沒精神。」

小妍大概是不好意思直說他有些落魄，只好用沒精神來代替。

「為了發展不使用農藥的有機農業，沒想到卻因此讓斜紋夜盜蛾大舉肆虐，你們看，這葉子不但都被斜紋夜盜蛾幼蟲咬得七零八落，

牠們還肆無忌憚的把糞便拉在我身上。」

原來，這一切都是斜紋夜盜蛾的傑作，難怪苦瓜精身上散發出一股怪味道。

「我們幫你抓蟲。」

此刻的我腎上腺素飆高，為朋友兩肋插刀更是義無反顧的事。

「謝謝。」但苦瓜精興奮的神情一閃即逝。

「怎麼了？」

「斜紋夜盜蛾的幼蟲都是晚上才出現，白天不容易抓到牠們。」

「那我們就晚上抓。」

「沒錯，我們可以幫忙抓。」

「這種事就是大家一起來才有意思。」

也許他們三個的支持是被我的義憤填膺所感染，也許是他們看到苦瓜精的慘狀後，發自真心的自願，但不管如何，我們四個已決定幫苦瓜精「除蟲害」。

暗夜的挑戰

傍晚，天色漸漸暗了下來。在太陽下山後，天色更暗了，苦瓜田的氛圍也跟著變了，不遠處還傳來陣陣的蟲鳴聲，而領角鴞的「ㄨ」「ㄨ」聲似乎在更遠的樹林裡，把氣氛攪得有些詭譎。

「我們好像走進淺山的森林裡。」小妍說。

「這裡該不會有野獸出現吧！」一說到野獸，米粉妹的眼睛竟跟著閃出妖異的光芒來，讓我心裡不自覺把她跟野獸聯想在一起。

「妳當這裡是非洲草原嗎？這樣的環境頂多出現田鼠和蛇吧！」土豆笑著說。

「蛇？是毒蛇嗎？好可怕。」

「若真有蛇應該是無毒的南蛇和王錦蛇機會最大。」我說。

米粉妹的怕也不知是真是假，總之她表現得有點不太像她自己，不過，真正的『怕』卻是發生在當天色完全暗下來後，我們才驚覺我們少了很重要的東西——手電筒。

「我們也沒準備手電筒，那是要怎麼抓？」小妍是第一個發現「真相」的人。

「那怎麼辦？不然我們今天先算了。」

「我看妳根本就是怕黑。」

「黑，誰怕黑，你給我說清楚。」

「就是妳啊！怕蛇、怕老鼠又怕黑。」

米粉妹想打退堂鼓的念頭一出，隨即遭到土豆的言語刺激，兩人的口角再次爆發。

「諾，車上就有手電筒。」

玉米超人遞上四支手電筒的神救援，解決了眼前最大的問題。

有了手電筒後，怕蟲的米粉妹仍是不時的「啊！啊！」叫著，小妍雖也會怕，但她始終都摀著嘴，僅發出輕微的聲音。

「別叫了，再叫蟲都嚇跑光了。」

米粉妹每叫幾聲，就會招來土豆的白眼和抱怨。

「我又不是啞巴，我當然會叫，而且搞不好我的叫聲還可以像

『吹笛人』那樣，把這些蟲帶離苦瓜田也不一定。」

米粉妹的異想天開頓時惹得大家哈哈大笑起來。

手電筒打開後沒多久，又有新的狀況發生，那就是「飛蛾撲火」——開始有飛蛾在我們周邊飛繞，有時還直往我們身上飛撲過來，這些蛾的舉動，又一次讓米粉妹大叫起來。

「妳很吵耶！」

「我又不是故意的，這蛾飛到我身上，很噁心耶！」

就這樣，吵吵鬧鬧了一整晚，我們抓到的蟲應該還不到全部的百分之一吧！

「這麼晚該睡了。」小妍關心的說。

這時間確實差不多是我們該上床睡覺了，更何況大家忙了整晚，都累壞了。

「那這些毛毛蟲要怎麼處理？」我問。

「踩扁牠。」

「不要啦！怪可憐的。」

「踩扁」不是最好的選擇，因此土豆的提議沒得到大家的共識，加上小妍心一軟，最後，決定先全部留在桶子裡，掛在離車子最近的藤架上，等天亮時，讓「早起的鳥兒有蟲吃」。

事情有譜後，緊繃的身體也就跟著鬆懈下來，疲倦感瞬間飆升。

吹笛人大作戰

第二天一早，大家的心情就被搞壞了。

「桶子裡的毛毛蟲都不見了。」

「我看看，是全被鳥吃了？」

「我不知道，看起來不太像。」

一聽到土豆大叫，我趕忙飛奔去看，果真桶子裡一隻蟲也沒有，僅剩桶子周邊有兩三隻在爬，而桶子的蓋子就掉落在地上，我看了土豆一眼，他隨即明白我的意思，說：「我來的時候，桶子的蓋子已經被打開。」

「發生了什麼事？」

這時，小妍跟米粉妹也過來關心，玉米超人則跟在她們後面，待小妍看到現場的狀況後，也直覺的說：「看來牠們都逃了。」

「裕民，你覺得毛毛蟲自己有能力掙脫這桶子嗎？」小妍問。

「可能性極低，因為這蓋子是用旋的，而且我在鑽通氣口後，還特地檢查是否有轉緊才掛上去的。」

「那就是有人故意把蓋子打開的？」

米粉妹做了一個有可能但沒有證據的結論。

「米粉妹，該不會是昨晚妳睡到一半起來夢遊，然後就把蓋子打開了嗎？」土豆指著米粉妹訕笑著。

「夢你的大頭鬼。」

這時場景立馬轉換成米粉妹在苦瓜田追打土豆的畫面。

「咦，玉米超人，有隻斜紋夜蛾幼蟲爬到你的披風上了。」

「什麼？可惡，快幫我把牠給弄走。」

玉米超人如此激動的反應真是出人意料之外，不僅把小妍嚇了一大跳，也讓我心裡起了莫名的疑竇。

我們的吵雜聲，一早就把安靜的苦瓜田給攪得沸沸揚揚的，連苦瓜精都聞聲過來看個究竟，

「我想，這就是我的命吧！」

在得知辛苦抓的蟲都跑光後，苦瓜精忍不住的感傷了起來。

看到苦瓜精一臉的沮喪樣，小妍連忙鼓勵著說：「苦瓜要走有機的精緻路線，是很難沒有蟲害的，倒是昨晚米粉妹關於『吹笛人』的一席話，讓我思考了一整晚，有個想法或許我們可以試試看。」

「你要吹笛子？」

土豆的問題讓我臉上立刻出現三條線，就連小妍都憋著笑。

「用母蛾散發出來的性費洛蒙來誘捕雄蛾，這倒是真的跟『吹笛

人』很像。」

「那是什麼意思？」土豆不解的問。

「因為雄蛾總是不斷的追著母蛾散發出來的氣味，我們可以利用這特性，把雌蛾裝在特製的瓶子裡，當雄蛾被吸引進入這空瓶後，因瓶身設計的關係，牠再也飛不出來，最後就死在裡面，少了雄蛾與雌蛾交配，自然就減少了牠們的下一代。」

「真的耶！這就好像『吹笛人』把老鼠吸引到河邊淹死一樣。」米粉妹興奮的叫著，或許這跟她前一晚被蟲嚇到吱吱叫，而產生的「仇恨」心理有關。

沒多久，我們用空瓶子先完成了「吹笛人」的事前工作，接著就等抓些母蛾放進去，苦瓜精為了感謝我們的幫忙，他帶我們來到了

「苦瓜食堂」。

苦瓜食堂的滋味

一走進食堂，一個上了年紀的老奶奶隨即露出笑臉迎了上來，說：「阿瓜，這些是你的朋友嗎？」

在我還沒弄清楚阿瓜是誰，而轉身看了身旁其他人，問：「這是……？」

「這是我阿嬤？」苦瓜精說。

「阿嬤好。」我們也跟著苦瓜精稱他奶奶為阿嬤。

「來來來，你們都口渴了吧！這裡有降火的山苦瓜茶。」

「這是我阿嬤自己做的。」苦瓜精說這話時，神情難免露出驕傲

的模樣來。

在這之前，雖然我們都已經可以接受和享用苦瓜，但對於苦瓜的其他相關製品都沒有接觸的經驗。今天，在老奶奶熱情又仔細的介紹下，這山苦瓜茶我們是一口一口的往肚子裡灌，儘管味道有些苦苦的，但果真喝了之後肚子裡立即升起一股清涼感。

阿嬤的苦瓜食堂真的只有苦瓜而已，要不是這些琳瑯滿目的苦瓜上面都掛著「名牌」，如：白玉苦瓜，青皮苦瓜、翠綠苦瓜（翠玉苦瓜）、粉青苦瓜（大青苦瓜）和長得圓胖的蘋果苦瓜及個頭小小的山苦瓜等，我還真不知原來苦瓜有這麼多品種。

「那你們苦瓜在生長過程中有什麼『特別』之處嗎？」

米粉妹八成是想知道苦瓜的『怪咖』特點是什麼？可是又不敢問

得這麼直接，畢竟眼前站著的曾經是棄食島上的苦瓜精。

「特別的……我想想……」

苦瓜精陷入了沉思，看著他即使是面對米粉妹的「無聊」問題，都能如此認真的對待，我期待也相信他們苦瓜家族未來一定能「轉型成功」。

「有了，我想到了，我們同一株苦瓜開的花有雌花和雄花兩種，如果花柄細小，那就是只有雄蕊的雄花；但如果花柄粗大會結出小苦瓜的，就是只有雌蕊的雌花。這雄花和雌花並不是同時開花，而是雄花開完一到二星期後，才會有雌花出現。」

苦瓜精詳細的說明反而讓米粉妹「有機可乘」，她低聲的對我說：「不問還好，這一問還真問出一個『怪咖』來。」

不想理會米粉妹的「無理取鬧」，我故意放大聲量說：「這真是一個重要的知識，以後我看到苦瓜花，就能分辨雌雄了。」

小妍聽了，也隨即點頭說：「『知識能讓人增加一雙眼睛』，我現在可以說對苦瓜已經有了一定程度的了解。」

「知識是光，無知是黑暗。」

沒想到土豆也能說出這樣的話來，看來前一段時間，夏老師要他多讀點有用的書，土豆是聽進去了。

這時，我望向意見相左的米粉妹，突然感覺到她頭頂上方似乎有一片烏雲籠罩，或許這是她必須付出的「無知」代價。

06 花生幸福小鎮

離開苦瓜的家鄉，大家似乎意猶未盡，尤其是土豆，他直問阿吉說：「下一站是哪裡？又是什麼農作物呢？」

「我出個謎語讓你們猜猜？」真讓人感到不可思議，這個人工智慧的虛擬阿吉竟然還會出謎題。

「好啊！我就給他猜個『天昏地暗』。」

土豆亂用成語，如果真的是『天昏地暗』，那不就是一直沒猜對。

「那我出題了，『麻屋子，紅帳子，裡面住個白胖子。』」

阿吉一說完，米粉妹的嘴巴就蠢蠢欲動，似乎已經有了答案，跟著她就說：「我知道，謎底是『文祥』。」

「文祥，妳說的是班上的『文祥』？」土豆一臉不可思議的問。

「沒錯，就是他。」

「為……為什麼？」對於米粉妹如此堅定的回應，連我都驚訝的口吃了。

「去年中秋節我們不是有去他家烤肉？」

「是啊！這跟『謎底』有什麼關係？」小妍也忍不住的發問。

「他家的外牆不是貼著那種摸起來有點粗粗的那種磁磚，這就是『麻屋子』，然後，文祥的房間裡不是掛著那種宮廷公主風的粉紅色蚊帳，那就是『紅帳子』。」

「那是他姐姐的房間，不是文祥的。」聽到米粉妹在亂掰，我忍不住的插嘴反駁。

「一樣啦！」

「那『裡面住個白胖子』又是怎麼一回事？」

「如果文祥在裡面，那就是『裡面住個白胖子』，所以我說『麻屋子，紅帳子，裡面住個白胖子』指的就是文祥，是有根據的。」

米粉妹的「根據」惹得大家又一次笑成一團。

「真有妳的，米粉妹。」

米粉妹的推論如果讓文祥聽到的話，還真不知該笑，還是哭。

「所以，我是答對了喔！」米粉妹開心的問。

「抱歉，沒有答對，謎底是一種農作物，光這點文祥就不符了。」

我可以感覺到阿吉說這段話時，那種想笑又不好意思笑的感覺。

「那謎底到底是什麼？」土豆關心的問。

「土豆，當你照鏡子的時候你會看到什麼？」

阿吉今天也不知是怎麼了，那麼愛賣關子。

「看到我自己啊！」

「不對，你應該要看到猴子才對。」米粉妹突然插嘴道。

「妳才看到豬哩！」

「對對對，我看到你這頭豬。」

米粉妹和土豆兩人又槓起來了，為了避免戰事一觸即發，我和小妍很有默契的趕緊將他們兩人分開。這時，玉米超人也見苗頭不對，趕緊說：「下一站是雜糧作物——土豆。」

「我，下一站是我，我又不是……」

神情吃驚的土豆話沒說完就自己停了下來，看來他已經知道真正的謎底是什麼，這時，我們三個也顧不得土豆的面子，很有默契的齊聲說：「花生」

這一站，在「麻屋子」、「紅帳子」和「白胖子」的歡笑中很快就到了雲林元長。

一下車我們就四處張望，想知道土豆伯在哪裡？突然，一聲「嗨」從車子後面傳出，跟著一個身影出現，我一看他的樣子，心裡隨即有譜，這應該就是「土豆伯」了。

「花生了什麼事？你們在找我嗎？我是土豆伯。」

「土豆伯您好。」

「呵呵，大家好，終於盼到你們來這裡認識『發生』了。」

土豆伯生性幽默、有趣，特別是他在說「發生」時，總讓人聽成「花生」，可是當他在說「花生」時，又常讓人以為是「發生」，好在我多聽幾次習慣後，就知道他在說什麼了。

神出鬼沒的暗黑客

「土豆伯，你等我們很久了嗎？」我問。

「是的。」

土豆伯話鋒一轉，神情也跟著變得沉重的說：

「過去這段時間，暗黑客常來我們這裡偷拔花生。」

「偷拔去賣？」

「不，是趁花生將成熟前，拔出來丟在地上，可惡的是他還專挑價值較高的『黑金剛』下手。」

「黑金剛？不會是黑猩猩吧！」

「哈，當然不會是黑猩猩，這黑金剛之名其實是來自其黑色種皮，它們的果殼紋路極為明顯，帶殼焙炒是為最常見的食用方式，風味香酥，口感細緻。」

被土豆這麼吃驚的一鬧，土豆伯隨即恢復其開朗的個性。

「那……被提早拔起的花生還能吃嗎？」小妍問。

「不能，只能忍痛丟棄，儘管我們成立了巡守隊，但這『暗黑客』總是來無影去無蹤。」

「那天，突然有一團陰氣森森的黑影出現在花生田裡，我們注意到他了，就在這『暗黑客』開始動手拔花生時，我們幾個人一擁而上，儘管他往後一退，靈巧的躲過，但最後還是被我們用大網子給團團圍住，我和其他巡守隊幾乎是要逮到了他，可是他卻……他卻……」

說到這裡，土豆伯變得吞吞吐吐了起來。

「他……怎麼了？」

大夥兒都想知道發生了什麼事，很有默契的齊聲問。

「他……他竟然能從網子的孔隙中慢慢擠出去，在『擠』的過程中，我還感覺到這影子正盯著我『看』，最後才像『鬼』一般的消失在我們面前，在那片刻之間，我整個頭皮發麻，身子發僵，我想張大口喊叫，卻一點聲音也發不出來。」

土豆伯的描述聽起來有些恐怖，讓人忍不住的起了雞皮疙瘩，小妍還因此不自主的拉了拉我的手臂。

「更正確的說，這個『暗黑客』感覺像是個影子。」土豆伯接著說。

「影子？」

「我目前只能這樣形容。」

「土豆伯，你的意思是原本一個人應該要有的影子，而這影子不但脫離了那個人，還能有意識的自由行動？」

「對，就是這個意思。」

「即使是順利採收的花生，也常遭到莫名其妙的破壞。」土豆伯接著說。

「怎麼說？」

「那就要先從花生的處理過程說起，採收回來的花生在除去泥土和葉子後，接下來就是把花生的果莢，也就是

果實摘拔下來，最後送它們去『日光浴』。」

「日光浴？」

「呵，其實就是晒太陽，農村裡的院子，人車較少的馬路邊，都是農民晒花生的地方。」

「那要晒幾天？」

「如果天氣好的話，大部分的花生晒七天就夠了，不過，黑金剛則要晒足十天。」

「搞不好黑金剛花生就是這麼被晒『黑』的。」

我低聲的玩笑話，讓離我最近的小妍忍不住笑了。

「可是，那些晒太陽的花生，卻常常莫名其妙的被突如其來的黑色怪風，給吹得亂七八糟，造成不少的損失。」

「黑色怪風？」

「我覺得這股怪風非常有可能就是『暗黑客』來搞破壞的，因為……因為……」

「土豆伯，因為什麼？你快說啊！」

土豆伯話說得吞吞吐吐的，感覺得出當時的他對眼前的畫面一定是感到相當的恐懼。

「裕民，你別這樣，讓土豆伯緩和一下情緒後再說。」

我的確是太激動了，好在小妍阻止了我，我趕緊向土豆伯道歉。

「土豆伯，對不起。」

「沒關係，每次這股怪風捲起前，我們都會看到一個黑色身影，或許他就是一個影子，站在正在晒太陽的花生旁。」

「他有影子嗎？」

「他……沒有影子。」

「沒有影子？那他會不會真的是鬼？」

「鬼？鬼會在白天出現嗎？」

「這就是這件事最不可思議的地方。」

「那他站在花生旁……做什麼？」

「在知道這影子就是破壞花生的元凶後，巡守隊儘管對他有些忌憚，但畢竟我們人多，而且是在大太陽底下，所以我們還是想再次圍捕他。」

「你們成功了嗎？」

「沒有，只要我們一有動作，這影子就會『散開』，然後形成一

股像是龍捲風的怪風，把地上的花生捲起後，再讓它們從高處落下，因此造成花生嚴重的損傷。」

「土豆伯，你放心，我們這次前來怪咖食物小鎮的目的就是要解決『暗黑客』四處搞破壞的問題。」

「我感覺這『暗黑客』的能力似乎愈來愈強大，你們要注意自身的安全。」

「我們會的。」

花生是果實還是種子？

在土豆伯送我們回到車上的途中，小妍忍不住問道：「土豆伯，花生為什麼也稱『落花生』、『土豆』？還有『花生仁』指的到底又是什麼？」

「這問題問得很好，有句話說『落花生，落花生，落花果就生』，我們花生是在地面上開花的，但花謝花落之後，卻是在地下土裡結成果實，所以才叫落花生，是世界上極少數地上開花地下結果的植物之一，而『土豆』則是閩南話對花生的稱呼，其實指的都是同樣的東西。至於，『花生仁』就是指去了殼的花生。」土豆伯雖年紀不小了，但他解釋事情時，可是條理分明，一點也不含糊。

「為什麼花生非要躲進土裡發育結果？」小妍繼續問。

「花生的花在授粉後，子房會向地面伸長，鑽入土中。子房必須在黑暗的環境中才能發育成莢果，而土壤裡的水分和其他養分也相對充足，有助於花生的生長。另外，整顆帶殼的花生是『果實』，這

是由雌蕊的子房發育而來的，而去掉花生殼後的花生仁就是花生的種子，這是胚珠受精後發育而成的。」

「除了『地面開花，地下結果』這個怪咖特徵之外，花生在生長時，還有沒有其他『奇怪』或『特別』的地方呢？」

米粉妹也真是的，竟然直接問起花生的怪咖特徵。

「你們知道嗎？花生的葉子跟含羞草一樣是可以閉合的，不同的是花生的葉子白天是舒展開來的，這樣可以讓葉子有更大面積來行光合作用，到了晚上，葉子閉合後，就可以降低水分的蒸發，保持較高的儲水量，幫助花生免於缺水狀況，這是花生為了適應環境的一種『睡眠運動』。」

土豆伯「睡眠運動」話一出，立即引來土豆的共鳴，他說：「難怪，夏老師上課時，我常常都會打哈欠，原來這是一種自我保護的『睡眠運動』。」

「哈哈哈哈……」

「土豆真有你的。」

土豆的搞笑把大家都逗樂了。

剛啟動的車子正緩緩前進，在離開「花生」的故鄉——雲林元長前，我忍不住的再一次回頭看，正巧看到土豆伯還在對著我們揮手道別。

這時，我心裡突然湧起一種感覺，不管是「發生」還是「花生」，有土豆伯在，這裡都會是一個發生幸福和花生幸福的小鎮，只要「暗黑客」不來破壞。

07 菱角鳥的友善之城

「玉米超人，你綠色披風下，那米白色的鬚鬚是什麼？有什麼作用啊！」

米粉妹突然對玉米超人產生了「興趣」，她這一問，讓大家想起過去吃玉米時，總是要把這「鬚鬚」弄掉，才能放心的大口吃，當土豆跟小妍也跟著把目光投注在玉米超人的身上時，我的思緒突然一閃而過，瞬間被拉回到發現芋頭田攔截網那一幕，想起當時那卡在攔截網上的不明物體。

「這是『玉米鬚』，它其實是雌花的花柱，玉米鬚的前端是帶有黏性的柱頭，如果在顯微鏡下觀察，還會發現它有細微的分岔，這些構造都有助於攔截飄散在空中的花粉。」

「喔……原來如此，我吃了那麼多年的玉米還真不知道這些事。」小妍笑著說。

「那玉米筍呢？它又是什麼？」土豆的求知慾也跟著被激起。

「玉米筍其實就是發育不好或是農夫提早摘下的雌花，它的果實同樣呈穗狀排列，如果仔細看，會發現有些還殘留著玉米鬚。」玉米超人認真的解說著。

大家在車上的對話，雖然都穿過我的耳朵，但完全沒有任何印象留下來，因為我的腦子裡全塞滿了「暗黑客會不會就是就是玉米超人，或是跟他有密切的關係」這樣的疑問。

儘管我很不願意相信，但如果朝這方向去想的話，先前一些不解的部分似乎都可以說得通。

「不說我了，我們今天先去賞鳥。」

玉米超人的心情此刻似乎很不錯，他話鋒一轉，主動說出接下來的行程。

「賞鳥？讚喔！」

「水！」

「是什麼特別的鳥嗎？」

「牠是被列為第二級珍貴稀有的保育類動物，其餘的先讓我賣個關子。」

一聽到是保育類動物，而且還是第二級的，我們四個眼睛都亮了起來，因為我知道河馬也是第二級保育類動物，但那是我在動物園裡看到的，現在能在野外看到那會飛來飛去的第二級鳥類，叫我怎麼能不興奮呢？

一路上，我不再多說話，只想保留體力來好好觀察這保育鳥類，原本我以為阿吉會把車朝山上開去，沒想到他卻是始終在一般道路移動，就在我心中疑問來到最高點，打算發問時，阿吉已經把車停好，告訴我們說：「到了。」

「就這裡？」

「沒錯，是這裡。」玉米超人語氣堅定回應我

「這裡不是一般的馬路邊嗎？」

「是啊！這麼平常的地方會有二級的保育鳥類。」

我再一次仔細的環顧四周後，說：「這四周好像都是水田，會有保育鳥類嗎？」

「沒錯，這邊是菱角田，我們要看的正是菱角鳥，也就是水雉，雉尾水雉，牠就是二級的保育鳥類。」

「這水雉跟我們的任務有關嗎？」小妍問玉米超人。

「有，有很大的關係，不過，我想先介紹紅菱姐姐讓你們認識。」玉米超人慢條斯理的說。

「紅菱？是什麼？」米粉妹低聲問

「紅菱就是菱角。」小妍也小聲回應著。

採紅菱

在等紅菱姐姐出現的期間，四周的水田裡正好有好幾組人正在採收菱角，她們頭戴著綁著頭巾的斗笠，身穿青蛙裝和防晒手套，全副武裝，推著大盆子在採收，也有些人是坐著小船的，整個菱角田好不熱鬧。

「沒看到菱角啊？菱角在哪裡？」米粉妹一邊四處張望、一邊詢問。

「你們看，浮在水田裡的植物就是菱角，它的葉子有點像三角形，長長的葉柄膨大且中空，形成氣室，裡面充滿了空氣，讓菱角能漂浮在水中。它是一浮葉性水生植物，而我們吃的菱角就長在這葉柄間。」小妍對著我們解說著。

「小妍，妳怎麼懂這麼多？」土豆吃驚的問。

「沒多久前，我剛好在書上有看過。」小妍回應著。

「那妳知道怎麼判斷哪顆菱角是可以採收的呢？」米粉妹也問。

「可以簡單的從菱角的大小和顏色來判別，成熟的菱角會呈紅褐色，如果是顏色相對較紅，且體型較小，那就是還未成熟的。另外，因為重量的關係，成熟的菱角也會沉在較深的水下。不過，因為菱角殼含有鍺元素，在離開水後，會出現帶紫的色調。」

小妍咬字清晰，話語柔和，這些話聽在耳裡就是「舒服」。

「咦，菱角葉上好像有蟲？」

米粉妹這麼一驚呼，這蟲很快就鑽進水裡去。

「這菱角田裡還住著一種特別的水棲昆蟲——負子蟲。」

「負子蟲？那是什麼？」米粉妹問。

「這也不知道，就是爸爸跟兒子都是蟲，所以才叫『父子蟲』。」

「土豆，你別亂講，『負子蟲』是少數由雄性負責照顧後代的昆蟲，牠們其實是椿象的一種，屬半翅目昆蟲。負子蟲在交尾後，雌蟲會把卵直接產在雄蟲的背上，這樣可以降低被其他生物吃掉的機會。」小妍說。

影子不見的玉米超人

「奇怪，都過了這麼久，紅菱姐姐怎麼還沒來？」

「她該不會是忘記了。」

「玉米超人，你知道紅……」

就在我轉身想問玉米超人這是怎麼一回事時，卻發現他不見了！

「玉米超人，你在哪？」

「玉米超人……」

原本應該要來的紅菱姐姐沒出現外，現在竟然連玉米超人也不見了，這是怎麼一回事。

在四周找了一陣子之後，我們終於在不遠處一根電線桿下看到了他，便快步跑了過去。

「玉米超人，你怎麼在這裡？」

「我……我……」

玉米超人臉色慘白，感覺不太對勁。

「玉米超人，你的影子呢？你的影子怎麼不見了。」
突然，米粉妹指著地上大聲驚呼著。
「啊……」
玉米超人跟著一聲喊叫後，就暈倒了，我們趕緊合力將他抬到路邊的樹蔭下，過沒多久，玉米超人才悠悠醒來。
「米粉妹，妳剛是在大叫什麼？還把玉米超人給嚇暈了。」土豆不悅的指責著。
「玉米超人剛剛在電線桿下，竟然沒有影子。」
「怎麼可能？只有鬼才沒有影子，而且現在太陽正大，就算真有鬼也不會出現。」
米粉妹也不像是在說謊，但她面對土豆的質疑卻是無法反駁，只

好硬拉著剛甦醒的玉米超人走出樹蔭。

「玉米超人的影子哪有不見，不就在這裡嗎？米粉妹妳『老眼昏花』了嗎？」

「可是，剛剛明明……」

「我看妳追劇追太多了，近視了，該去配副眼鏡。」

「我……」

米粉妹啞口無言了，此刻她再解釋什麼也只會換來土豆的「落井下石」，最後，只好不說話，默認自己「眼花」。

終於現身的紅菱姐姐

在回到菱角田後，仍不見紅菱姐姐，就在我們打算離開之際，一個聲音出現了。「大家好，歡迎你們來到『菱角鳥的友善之城——臺南官田』。」

我頭一轉，那是一個全身上下都是黑色裝扮，看得出是「菱角」的「漂亮姐姐」。

「姐姐好。」

面對始終帶著笑臉，又語氣溫柔的姐姐，不管她說什麼，我們都情不自禁的附和著。

「對不起，剛剛遇到一些意外，我遲到了。」

「姐姐，妳沒事吧！」

「剛要出門時，門竟然推不開，那平常只要輕推就可以開的門，今天用盡了力氣卻仍打不開。」

「那後來妳是怎樣打開的呢？」

「我也覺得奇怪，就在我趴在窗口打算對外求救時，一個黑色的影子突然從我門那邊跑走了，跟著，門就自動開了。」

「是『暗黑客』搞的鬼？」

「我想應該是的，最近我們菱角田裡的負子蟲大量消失，就有人發現是他在晚上偷偷捕撈。這負子蟲是水雉重要的食物之

一，水雉有足夠的食物就能安心的在這裡一代代的繁衍下去，若少了水雉，我們已擁有的福爾摩沙勳章終將也會蒙塵。」

這暗黑客的行為真不可取，我心裡暗暗發誓，一定要將他揪出來，阻止怪咖食物小鎮的福爾摩沙勳章被破壞。

「咦，那是什麼？」

小妍發現不遠處的另一個菱角田上好像有東西在動。

「是長尾巴的鳥耶！」

在土豆的驚呼聲中，我也看到那美麗的水鳥，神態優雅的在菱角葉上活動，我想牠應該就是水雉。

「你們看到的就是俗稱菱角鳥的水雉，也有人稱牠為『凌波仙子』。」紅菱姐姐說。

「那邊又有兩隻。」

隨著土豆的再一次發現，我們轉移了新目標，不過就在此時，紅菱姐姐說話了：「因為菱角葉有分層，相較於其他水生植物，更適合水雉在其葉子上築巢產卵、孵育及覓食，牠們是少數履行一妻多夫制的鳥類。」

聽到一妻多夫，讓我忍不住的打了個哆嗦，心想：「原來這水雉也是怪咖啊！」

「想嘗嘗看剛採收下來的菱角的

滋味嗎？」紅菱姐姐問道。

「好喔！」

「太棒了。」

「我口水都快流出來了。」

「我來幫忙，我阿嬤在菜市場賣菜，我只要放假回去就會幫她。」土豆說話的同時，三兩下就把菱角田裡的菱角給撈上岸，只見他蹲下身來，手腳俐落的開始處理起來。

「好厲害，『黑矸仔裝醬油——無底看』。」這一次，米粉妹是由衷的讚美著土豆。

「處理完畢，可以煮菱角了。」土豆吆喝著。

雖然只是加了少許鹽的水煮，但這鍋新鮮的菱角所發出的淡淡香味，已讓我忍不住的垂涎三尺，我瞄了一下身旁的小妍，發現她好像也偷偷吞了口水，只是平日舉止優雅的她，不好意思讓人發現。

「土豆上菜囉！」

土豆得意的撈起菱角一一放到大家面前。

「怎麼這麼好吃！」我忍不住的音量大了起來。

「好吃吧！我這道菜就叫做……叫做『土豆煮菱角』。」

平常讀書不求甚解的土豆，頓了一下才想出這道「菜名」，儘管他一臉得意，我們還是覺得很好笑。

「我們該往下一站前進了。」

也許是我們吃菱角吃得太忘我了，玉米超人忍不住的提醒。

「好好，我再吃一顆就好。」

「我也再一顆。」

嘴饞的土豆和米粉妹各自再享用「一顆」後，才依依不捨的把目光從菱角上移開，就在我們起身準備離開之際，紅菱姐姐突然問道：

「你們想不想Cosplay一下，留作紀念？」

「扮演什麼？」

「菱角啊！」

由於菱角的「角」是現成的材料包，讓我們自己可以「玩」。在一番美勞功力大考驗後，最後手巧的小妍完美的扮成「紅菱妹妹」，米粉妹的技術差了些，她不小心扮成了電影裡面的「黑魔女」，更笨拙的土豆和我則分別成了西遊記裡的「牛魔王」和「鍬形蟲」。

就這樣，一路上我們彼此笑著對方，往下一個目的地前進。

08 紅將軍的超級任務

「阿吉，你說等一下我們會遇到誰？」米粉妹問。

「紅將軍。」

「是姓『洪』的將軍？」

「『紅』是顏色紅。」

「你該不會又要我們猜謎了吧！」

「本來不是，但你們若有興趣猜，我很願意出個謎題。」

阿吉話一說完，也不管我們要不要猜，就逕自把謎題說了出來：

「紅臉戴綠帽，營養價值高。土裡發現它，還需用力拔。」

「紅蘿蔔！」

「胡蘿蔔！」

我和小妍幾乎同時說出答案，即使有「紅」和「胡」之間的差別，但其實指的都是同一種作物。

「答對了。」阿吉笑著說。

「紅蘿蔔我是懂得的，但為什麼是『將軍』呢？他的『官』很大嗎？」米粉妹問。

「我想這『將軍』指的應該是地名。」

小妍也接著說：「所以，紅將軍說的應該是將軍這地方盛產紅蘿蔔。」

「賓果，全部答對。」

儘管我們看不到阿吉，但從聲音聽來，如果阿吉有實體，那此刻的他一定帶著微笑。

當福爾摩沙號緩緩駛進鄉道的農田間時，遠遠就看到一個橙紅色的身影對著我們揮手。

「是紅將軍嗎？」我轉頭問玉米超人。

「沒錯，我們也向他揮揮手吧！」

「紅將軍好。」

「紅將軍你好。」

在確認身分後，我們也揮手回應，同時大聲問好，最後車子在紅將軍跟前停了下來，我們魚貫下車後，便團團把紅將軍圍住。

「歡迎大家蒞臨臺南將軍，我是邀請你們來的紅將軍。」

「紅將軍好。」我們再一次向他問好。

「呵呵。」紅將軍笑容可掬的模樣讓人備感親切。

「我們紅蘿蔔需要你們幫忙。」紅將軍話鋒一轉，講到了重點。

「這裡的紅蘿蔔發生了什麼事？」我問。

「現在是紅蘿蔔成熟期，農夫們已開始採收，但不知是誰總混在採收的農夫當中，惡意將紅蘿蔔拔斷，造成損失。」紅將軍抱怨著。

「農夫們有發現什麼異樣嗎？」小妍問。

「影子。有人發現，有時某個農夫在地上的影子會特別長，形狀也怪怪的，過了一段時間可能又換成另一個農夫的影子變長。」紅將軍緩緩說著。

「那所謂『變長』跟『怪怪』的影子應該就是『暗黑客』隱身在那邊作怪。」

「也許他今天還會出現，是不是我們也跟著農民一起到田裡採紅蘿蔔。」我提議。

「好喔！那我們就給他來個『甕中捉鱉』。」土豆他們三個興奮的應和著。

計畫擬定後，大夥兒都表現出「興致勃勃」的樣子，也許是紅蘿蔔吃過，〈拔蘿蔔〉的歌也唱過，就是從沒機會來個真正的「拔紅蘿蔔」體驗。

大家來拔紅蘿蔔

「拔紅蘿蔔是有技巧的。」

為了避免我們拔紅蘿蔔時受傷，也要盡量降低紅蘿蔔本身的損傷，紅將軍正幫我們進行「行前教育」。

「是要用什麼樣的特殊技巧嗎？」我們齊問。

「首先，要用力拔。」

「噗哧……哈哈哈！」

儘管紅將軍表情嚴肅的說這件事，但我們聽在耳裡就是覺得好笑，米粉妹還低聲嘀咕著說：「難道拔紅蘿蔔時不須用力就可以把它拔起？」

「如果方法不對紅蘿蔔就有可能拔不起來，甚至是把它給拔斷。」

沒想到紅將軍的耳朵這麼靈，他這麼回應反倒把我們搞得有點不好意思，米粉妹甚至耳根子都紅了起來。

「因為紅蘿蔔的根深紮在土壤裡，拔之前最好先抓住它的葉柄跟莖，左右晃動，先鬆一鬆紅蘿蔔周邊的土。」紅將軍接著說。

「『莖』？紅蘿蔔的『莖』在哪？」

「對耶！我好像沒看過它的莖？」

「紅蘿蔔可食用的部位是『根』，在葉柄最下方與『根』最上方之間的那一小段就是『莖』，因為紅蘿蔔的莖很短，所以被稱為『縮短莖』。」

「喔……原來如此。」我恍然大悟。

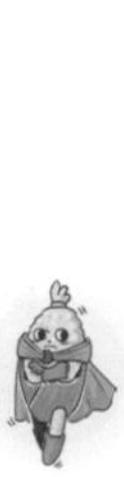

「『縮短莖』？那不就跟青蛙一樣，看不出『脖子』在哪裡，又是怪咖一個。」

米粉妹又在一旁「說三道四」了，但這次我們三個都沒理她，在自知無趣後，她很快就自動的閉上嘴。

今天，若不是紅將軍的說明，我可能吃了一輩子的紅蘿蔔都還不知道它的莖在哪。

「當你的手找到紅蘿蔔的莖之後，再開始用力的往上拔，如果感到『好像拔不起來』，那有可能是紅蘿蔔比較大或比較長，要不就是該處的泥土比較硬，這時，最好先把紅蘿蔔旁邊的泥土挖開一些，否則一味用蠻力的使勁拔，是會把紅蘿蔔給拔斷的。」

「知道。」

好在有紅將軍的提醒，不然我們還真以為，拔紅蘿蔔就是「直接把紅蘿蔔拔起來」這麼簡單而已。

「玉米超人，一起來吧！」

「嗯，好。」

這趟旅程玉米超人總是站在陰涼處冷眼旁觀，很少參加我們的活動，因此，這次他爽快的答應我們都感到很高興。

「拔紅蘿蔔，拔紅蘿蔔，嘿呦嘿呦拔紅蘿蔔，嘿呦嘿呦拔不動，老太婆快快來，快來幫我們拔紅蘿蔔……」

我們邊拔邊唱著小時候學過的兒歌，果然依照紅將軍說的方法，大家都拔得滿順手的，這些剛拔出的紅蘿蔔還都帶著泥土的氣息，有著一種說不出親近感。

消失的影子

就在大夥兒拔得不亦樂乎時，突然聽到小妍說：

「玉米超人，你是不是晒黑了，怎麼整個人『暗』了下來。」

「不用妳管！」

玉米超人氣呼呼的轉身就走，他突然發怒的反應，把關心他的小妍弄得眼眶都快紅了起來，看到小妍這樣，我也生氣了，連忙追了上去，一把扯住玉米超人的披風，沒想到他不為所動，繼續的往前走，且力氣之大，還讓我撲倒在地上。

「玉米超人，你停下來。」我趴在地上大聲的吼著。

這是我第一次對玉米超人如此的不禮貌，或許我的反應也讓他嚇住了，在他又往前走了五六步後，玉米超人真的停下腳步來。

我的目光始終沒有離開過玉米超人，即使是從地上爬起來時也一樣，在我緩緩的走向他的同時，我看到玉米超人低著頭，緊握拳頭，全身不停的在微顫著。

更恐怖的是，他映在地上的影子像是有了生命般的從地上爬了起來，最後，整個影子直接進入到玉米超人的身體裡，讓玉米超人成了沒有影子的人。

而這時小妍、土豆和米粉妹似乎也感覺到氣氛不對，陸續的來到我身旁。當他們三個看到玉米超人的樣子後，也被嚇得張大嘴。

我知道，此刻的玉米超人一定發生了我不知道的事，因此，我將心中原本的怒氣轉為抵抗害怕的勇氣，獨自來到他的面前緩緩的說：「你怎麼了。」

「我……」

我們都被這聲音給嚇到了，因為這根本不是玉米超人平常說話的聲音，反而像是來自地獄的深沉低吼。這時，玉米超人緩緩將頭抬起。

「你……」

我再次被他給嚇住，還跌坐在地上，因為此刻玉米超人的臉就像是影子一般的黑，且面目猙獰。我直覺在這情況下面對玉米超人是危險的，但我卻一點也不害怕，因為我感覺得出，玉米超人正努力的「壓抑」著某種的「力量」，這控制他的「暗黑的力量」。

「讓我幫你。」我從地上爬起來後，溫柔的對他說。

「我們也會幫你。」小妍他們三人也跟著說。

也許是玉米超人自己控制了自己，也許我們溫柔的喊話他有聽進去，在這之後，玉米超人的臉色才逐漸恢復正常，而這退掉的「黑色」也慢慢回到地上，變成了「影子」。

被遺棄的紅蘿蔔

「你們怎麼了，發生了什麼事？」

這時，紅將軍過來關心的問。

「沒事，沒事，應該是太陽晒久了，有點不舒服，休息一下就好。」

「是啊！拔紅蘿蔔真的很有趣，但我差點中暑了。」

「這次的體驗可以讓我深深體會到農民的辛苦。」

「所以，我們要珍惜得來不易的食物。」

我沒對紅將軍說實話，土豆他們也很配合的跟著我答腔。

「你們在拔紅蘿蔔的過程中有發現什麼嗎？」紅將軍問道。

「好像只有那些長得漂亮的，賣相好的紅蘿蔔會被裝進紙箱內，再由卡車一起運走，至於那些比例不好看，或是奇形怪狀的紅蘿蔔都被留在原地。」

「你說的沒錯，我還發現有些紅蘿蔔是被故意拔壞的。」

「故意拔壞？」

「對，這會影響到我們繼續保有福爾摩沙勳章。」

看來暗黑客真的混在這裡面，而且最大嫌疑就直指玉米超人。

「那……現在我們可以幫忙什麼？」我問。

「我希望你們先幫我完成一個超級任務。」

紅將軍看著大家，眼中充滿期待。

「什麼任務？」我們四個同聲問。

「將這些被遺棄和拔壞的紅蘿蔔，分享給其他需要的人。」

「好，沒問題。」

在經歷過「棄食島」的事件後，我們就一直帶著這樣的信念，即使紅將軍沒說，我心裡也是這樣想，但到底該怎麼執行我一時間卻還沒想到。

「我很醜，可是我很溫柔⋯⋯」

突然，我的腦海裡閃出老爸之前常唱的一首歌，這好聽的旋律雖然不知是哪個年代的歌，但聽起來還滿容易朗朗上口的。

「我很醜，可是我很好吃⋯⋯」

我也跟著唱，不過改了兩個字，在每撿起一根紅蘿蔔放進麻布袋後就唱一次，算是幫這些「被遺棄的紅羅蔔」發出不平之聲。

「我很醜，可是我很好吃⋯⋯」

土豆也跟著唱，學著我把地上的紅蘿蔔撿起來，土豆這一模仿立即引來小妍和米粉妹的共鳴，她們也都跟著一起做。

「我很醜，可是我很營養……」

「我很醜，可是我很美味……」

歌詞雖很快就被改了，但都是對紅蘿蔔的讚美。

在紅將軍的笑容中，這些「被遺棄的紅蘿蔔」一一被搬上福爾摩沙號，最後，我們才帶著滿心的收穫向紅將軍道別。

福爾摩沙號離開紅將軍的故鄉後，阿吉刻意放慢車速，只要遇上有人聚集的場所，即使是三五個人，我們也會停下車來，把車上的紅蘿蔔分送給他們，同時獻上招牌歌「我很醜，可是我很好吃……」，那些拿到紅蘿蔔的人都很開心的收下。

看到這樣滿足的神情，我的心也跟著笑了。

09 蓮花仙子葉田田

在一路的歡笑聲中，我們很快的就抵達目的地，下車前玉米超人告訴我們說這裡是盛產蓮花的白河，果真我們一下車，目光所及之處都是爭豔的蓮花。

「荷葉羅裙一色裁，芙蓉向臉兩邊開。亂入池中看不見，聞歌始覺有人來。」

小妍突然念了一首詩，她說是這是王昌齡所寫的〈采蓮曲〉。

「米粉妹，你說王昌齡是不是弄錯了，他的〈采蓮曲〉怎麼會出現荷葉呢？」小妍接著問。

「仙人拍鼓有時錯，跤步踏差啥人無？」

沒想到米粉妹竟然用俚語來回應，聽得土豆是一愣一愣的，問：

「妳說的是什麼意思？」

「米粉妹的意思是『人非聖賢，孰能無過』。」小妍幫忙解釋。

「人非聖賢，孰能無過……人非聖賢，孰能無過……」

玉米超人聽了小妍的話後，不斷喃喃自語的反覆唸著這兩句話，他的樣子很怪。不過，儘管這樣，話題很快又回到正軌。

「所以，你們都認為王昌齡寫錯了？」

「不，在自然課的水生植物單元裡有教過，蓮花就是荷花，是挺水性植物。」

我一說完，隨即轉頭去看小妍，小妍淺笑著點點頭，表示贊同。

「不對啊！那去年冬天我在水塘裡看到的花是什麼花？」

課堂都學過了，但米粉妹如此「不辨菽麥」的表現，自然老師若知道了，臉上一定會出現「三條線」。

「那是睡蓮，不是蓮花喔！」

「我還以為它們是一樣的哩！」

「如果仔細觀察，光從葉子就能分辨它們之間的不同，譬如：蓮花的葉子會挺出水面，睡蓮的葉子則是平貼在水面上的，且有一個大缺刻，葉緣也呈鋸齒狀。至於開花這件事，睡蓮一年四季都可以開花，但蓮花在入秋末時早已消失無蹤。」

在小妍詳細的說明下，米粉妹是聽得點頭如搗蒜，學習成效似乎比在教室裡好上許多，或許跟眼前就有蓮花可看有關。

就在我們欣賞眼前的美景時，玉米超人突然開口說道：「蓮花仙子來了。」

「在哪？」

「在哪？」

就在我心中疑惑來到最高點時，才發現這蓮花仙子已從天上徐徐下降，最後落在蓮花上，她的皮膚白皙、五官精緻，還有一雙黑白分明的丹鳳眼，其樣貌就猶如天上下凡的仙子般，充滿靈氣，一看就有種讓人想要親近的感覺。

「嗨，我是土豆。」

沒想到土豆竟厚著臉皮逕自上前自我介紹，在撥了撥頭髮的同時還立正站好，一副想要表現自己，企圖引起對方注意的模樣。

「土豆你好，歡迎你們來到臺南白河。」

蓮花仙子不僅全身充滿靈氣，就連說話的聲音也十分有空靈感。

「這裡的蓮花開得真是『滿坑滿谷』。」土豆似乎想讚美點什麼，但他的成語用得實在讓人覺得「掉漆」。

「應該是『百花齊放』或『千嬌百媚』比較好吧！」小妍笑著說。

蓮花仙子的危機

蓮花仙子說：「我們蓮花的生長需要高溫和充足的陽光，喜歡住在靜水域的環境，不過，水也不能太深，否則我們的葉子無法伸出水面，也就無法開花。」

「喔，這點課本好像沒有寫得那麼清楚。」我自言自語嘟囔著。

「每年春天一到，蓮農就會把水引進田裡，把乾硬的土再次變軟，在溫暖陽光的助陣下，我們會從『冬眠』中醒來，然後開始生長。」蓮花仙子領著我們，沿著蓮田邊走邊介紹著。

「冬眠？你們會冬眠？」土豆問。

「正確來說，應該是休眠。早一點的，四月中旬後，就開始有蓮花綻放，而每年的五、六月是蓮花競開的時期，是最佳的賞蓮時節，若是到了八、九月，蓮花只剩零星的開花，十月時，幾乎所有的花都已凋落，而這時蓮葉進行光合作用所產生的養分便開始儲存到地下莖，到了十二月，當蓮葉完全枯乾時，蓮藕這地下莖已經變胖、成熟，蓮農就會把田裡的水放掉，把土晒乾後，就可以開始採收蓮藕了，通常會保留一些蓮藕刻意不採收，而這些蓮藕藕節上那些未出土的葉芽及側芽，它們會等到春天再次來臨時，再鑽出土表，展開一個新的生命循環。」

蓮花仙子銀鈴般的聲音鑽進耳朵裡，有一種舒服感。

就在我心裡納悶蓮花仙子怎麼還沒跟我們說她遭遇到的問題時，玉米超人突然從最後頭搶到最前面，推開我們想靠近蓮花仙子，行為怪異到極點，蓮花仙子雖感到不自在，仍帶著笑臉面對我們。

這情景讓我已感到十分的不對勁，尤其是在懷疑暗黑客跟玉米超人脫不了關係後，我特別注意著玉米超人的一舉一動。這時，我注意到玉米超人故意移動身子，企圖讓自己的影子可以壓在蓮花仙子的影

子上，但蓮花仙子似乎不習慣有人靠著她那麼近，而盡量閃躲著。

「玉米超人那麼喜歡蓮花仙子啊！」

就當我刻意這麼說時，玉米超人卻突然用力推了蓮花仙子一把，蓮花仙子「哎喲」一聲，跌坐在地上。但更沒想到的是，玉米超人的影子突然自由活動起來，直接將蓮花仙子的影子給「擄走」。

「啊！」蓮花仙子大叫一聲後，就暈倒在地，我、小妍和米粉妹連忙上前將蓮花仙子給扶起，土豆則一個箭步上前，大力撞向玉米超人，玉米超人一個踉蹌，跟著就跌坐在地上。

「土豆，不可以使用暴力。」

小妍一邊大聲疾呼，也一邊衝上前去。

土豆原想再給玉米超人一拳，但在小妍的制止下，這憤怒的拳頭

最後硬生生的停在半空中。

我想所有在場的人都被這電光石火間的轉變，和自己的行為給嚇著了，土豆愣愣的看著自己的拳頭，玉米超人則緩緩站起來，淚流滿面的說：「我……我再也控制不住他了，他的能力一天一天的增強，甚至連我自己都

被他給控制了。」

我一直在等待這時刻，我想只有玉米超人自己真心的「坦白」，我們才有幫助他的機會，共同來解決「暗黑客」的問題。

玉米超人的告解

我無法確定是否跟失去影子有關，但我眼前

看到的玉米超人，跟才剛悠悠甦醒的蓮花仙子一樣，身體都非常的虛弱。

「妳還好嗎？」

小妍關心的問蓮花仙子。

「我過去這段時間，常常莫名其妙的暈倒，然後身體感到很疲累，很虛弱，原來是這樣的原因。」

「玉米超人，你還好嗎？」我問。

「我沒關係，我覺得我有義務要把真相說出來。」

「沒關係，你慢慢說。」

玉米超人一臉愧疚的樣子，我趕緊出聲打圓場，好讓玉米超人能好好的解釋。

「自從棄食島大翻身後，各具特色的農產品如雨後春筍的出現，大家都想得到福爾摩沙徽章，於是競爭得很激烈，在僅有九個名額下，大家開始合縱連合，以彼此有互的共同點開始產生結盟，我因長時間待在人類世界，錯過了機會。」

說到這裡後，玉米超人停了下來，只見他深深的吸了一口氣後，又接著說：「因為心裡有遺憾，我常常在一個人獨處時對著自己的影子說出心事，就這樣說著說著，也不知過了多久，突然有一天，我的影子竟然對我的話有了回應。」

「回應？」我們四個驚訝的齊呼。

「對，我的影子開口說話了，他說：『只要有一個怪咖食物小鎮失去福爾摩沙勳章的資格後，我們玉米就非常有機會取代它。』當時，我心頭一振，低頭思索時，影子卻誤認我同意了，然後影子又說：『這一切就交給我了，我們一定會得到福爾摩沙勳章』。」

「你沒阻止他嗎？」米粉妹問。

「有，但他完全不聽勸。有一天我半夜醒來，竟發現牆上有一個黑影在看著我。那時，我知道這影子已經有能力脫離我，對他，我已無能為力。」

「原來是這樣。」米粉妹帶著憐憫的語氣說。

這時，蓮花仙子緩緩的走來，她來到玉米超人的面前說：「我想讓你知道更多我們蓮花的事，你可以自己評斷，看我們蓮花有沒有資格擁有福爾摩沙勳章。」

蓮花仙子真了不起，在這樣的情況下，還有如此寬闊的胸襟。

夏採蓮子冬挖藕

我們繼續跟著蓮花仙子走著，她說：「自古以來，蓮花就有『君子花』的封號，這是因為我們『出淤泥而不染，濯清漣而不妖』，因此十分受到歷代風雅人士對我們的描繪與想像，不管是在繪畫上，還是詩詞的呈現，在在都表現出蓮花的獨特魅力。」

蓮花仙子帶著我們看了好幾個大大小小的蓮花田，有的花瓣是桃紅色的，有的是粉紅色的，也有粉紅近白色及花瓣白紅色的蓮花，蓮花仙子說，它們是分屬大憨蓮、見蓮、石蓮和菜蓮等不同品種。

「哇，這蓮蓬真大，看起來就像是學校樹上出現過的大蜂窩。」米粉妹像是發現新大陸般的說著。

「蜂窩？快溜。」

一聽到蜂窩，土豆拔腿就跑，因為上個月他在校園樹下打球時，不小心驚擾到一個長腳蜂窩，當場就被叮了一個包，在「一朝被蛇咬，十年怕草繩」的心理狀態下，此刻聽到「大蜂窩」，他怎麼能不「快馬加鞭」的「ㄕㄨㄢ」呢？

「土豆，你快回來，我們在說蓮蓬啦！」

「真的嗎？」

「你這大笨蛋，我說了什麼，你到底有沒有在聽啊！」

土豆小跑步回來後，搔著頭一臉很不好意思的樣子，他的蠢樣就連蓮花仙子看了也忍不住的笑了出來。

「沐浴用的『蓮蓬』頭，該不會就是用蓮花的『蓮蓬』來命名的吧！它們的樣子很像。」

小妍問了一個好問題。

「沒錯，就是。另外，蓮蓬是蓮花的果實，一個蓮篷會有十幾到三十幾個小洞，每個洞都會有一顆蓮子，蓮蓬內的蓮子就是蓮花的種子。」蓮花仙子繼續解釋著。

「冰糖蓮子湯好吃，清炒蓮藕片我也愛吃。」我說。

「沒錯，我們蓮花除了蓮子可食用外，一節一節的蓮藕也相當受到歡迎。」蓮花仙子熱情的介紹著。

「對了，我吃蓮藕片時，發現上面有著大小不同的孔洞，這些孔洞有什麼功能？」

「對耶！如果那些孔洞『被填滿』的話，那吃起來不就『更充實』嗎？」

我的問題引來米粉妹的共鳴，不過她的「充實」說，同時也把小妍和土豆「共鳴」出來，我們四個都把目光投射到蓮花仙子的身上。

「蓮花生長在含氧量相當低的溼軟泥土裡，這樣的環境讓蓮藕無法從泥土裡得到足夠的氧氣，這時，蓮藕的孔洞就肩負起當通氣孔的任務，將蓮葉所吸收到的氧氣運送到莖、根的任務，這是蓮藕和其他植物間的不同差別，少了這些孔洞，就不會有好吃的蓮藕。」

蓮花仙子的詳細解說，不但解決我們的疑問，也讓我獲得很多跟蓮花有關的知識。

「這種呼吸方式還真奇怪，難怪會被當成『怪咖』。」米粉妹又犯嘀咕了。

玉米超人的道歉

「對不起，讓您受到了驚嚇。光憑您的寬容大器就足以讓蓮花擁有福爾摩沙勳章，更別說你們花朵的美麗、多樣性和食用性。」這次是玉米超人很慎重的來到蓮花仙子面前向她道歉，並深深的一鞠躬。

這裡的危機是暫時解除了，原因也找到了，在我們揮揮衣袖向蓮花仙子道別後，土豆還小聲的在我耳邊說：「米粉妹就是大『憨』蓮。」逗得我一直笑不停。

在這裡，隨處都可見到大片的蓮花田，那層層鮮綠的荷葉將花兒襯托得愈發脫俗嬌豔，在和蓮花仙子道別後，沿路看著那一大片爭相綻放的蓮花們，其實，在我眼裡它們都是一個個的蓮花仙子，陣陣清風襲來，花搖葉擺，說有多美麗就有多美麗。

10 愛吹風的洋蔥大使

在前往恆春的路上，我可能是太累了，儘管想強打精神注意玉米超人的狀況，但仍是不敵強大的睡意，最後在不知不覺中睡著了，還夢到了阿嬤。

在這無聲的夢裡，我看到自己帶著玉米超人在學校教學農場裡工作的情形，跟著畫面一轉，是在棄食島被苦瓜精跟青椒怪攻擊時，玉米超人挺身而出的畫面，最後一幕則是阿嬤一針一線的在縫製玉米超人的慈祥模樣……

突然，福爾摩沙號晃了一下，我也跟著從夢中驚醒，這時，車子已經來到恆春半島，我注意到福爾摩沙號的速度刻意下降了不少，車窗外的樹被風吹動得很厲害，我盯著車子的方向盤看，明明是筆直前進，但沒多久車子竟然從外線道不知不覺的漂移到內車道，讓我心中升起一絲的不安感。

「裕民，你剛做夢了嗎？」小妍溫柔的問。

「妳……怎麼知道？」

「雖然聲音不大，但我有聽到你在睡夢中叫『阿嬤』，你是不是夢到你阿嬤了？」

「嗯。」我微微的點著頭。

「你阿嬤有跟你說什麼嗎？」

「沒有，但我明顯的感覺到，阿嬤希望我幫助玉米超人度過這個難關。」

「沒錯，我們是應該要幫他。」

我跟小妍很快就達成共識。這時，我轉頭看了看坐在第二排和最後面的玉米超人，他們仍在熟睡中，我知道大家都累了，不管是體力還是精神。

就當車子一正式進入恆春這怪咖食物小鎮時，車上的人都已醒來，沒多久，我遠遠就看到頂著洋蔥頭的大使站在路邊等著迎接我們，但這裡的風實在太大了，吹得洋蔥大使頭上的葉子幾乎向後平躺下來，我們一下車，洋蔥大使立即送上笑臉，即使他已被風吹得「有口難言」，仍熱情的大聲說：「我是蔬菜國的洋蔥皇后派駐在這裡的

大使，我謹代表所有蔬菜國的成員歡迎你們的蒞臨。」

在一陣互相自我介紹及短暫的寒暄後，我實在不太能適應這樣的強風，便忍不住的發出小抱怨說：「這風真的好……好強，我連說話都被影響了。」

「這是落山風，每年十月到隔年四月的東北季風越過中央山脈，再從陡峭的山上吹下來，這股強勁的風來到恆春後，就成了有名的落山風，我們洋蔥就愛這個風。」即使話講得有些吃力，但洋蔥大使仍帶著因強風而有點變形的笑臉。

「這是……颱……颱風吧！」

「是啊！眼睛都快睜不開了。」

土豆和米粉妹也被這落山風的威力給震撼住。

「沒錯，落山風的瞬間強度可達到輕度颱風的威力，但因環境相對乾燥，十分適合我們洋蔥生長，我們洋蔥就愛吹這個風。」

「這……這也太怪咖，太誇張了……」

洋蔥大使再次強調「就是愛吹這個風」讓米粉妹還沒開始認識洋蔥，就已認定它十足就是一個怪咖。

頂著強風，我們亦步亦趨的跟著洋蔥大使來到洋蔥歷史館，這裡面的空間不大，但此刻卻是抵擋外頭強風的最佳「避風港」。

洋蔥的構造

「請問，洋蔥為什麼能成為蔬菜國的皇后？有什麼特殊因素嗎？」

此刻，我終於有機會將心中的疑問好好的提出來。

「問得好，因為我們洋蔥營養豐富價值高，但熱量卻不高，能抗寒且保存方便，加上料理方式多元，且具有獨特辛辣味，功能和威力都十足。」

「我曾在超市看過黃皮、紫皮和白皮的洋蔥。」小妍說。

「沒錯，黃皮洋蔥是恆春這裡主要栽培的種類，可你們知道洋蔥主要的食用部位是哪裡嗎？」

洋蔥大使這一問，我們四個瞬間呆住了，這洋蔥不管是家裡煮菜、學校的營養午餐，甚至餐廳裡的套餐中，都經常吃到，但吃歸吃，到底是吃哪個部位我還真沒想過。

「根。」

「莖。」

「葉。」

當米粉妹跟小妍分別說出「根」與「莖」之後，土豆想都沒有就跟著說「葉」。

洋蔥大使沒說誰對誰錯，他笑著說：「洋蔥的最外層是紙質的外膜，這部分通常都是在烹煮前就被去掉了，在這外膜底下是由一層層肉質鱗片狀的『鱗葉』組合成……」

「耶！我猜對了。」

一聽到「鱗葉」這二字，土豆很興奮，他沒想到自己竟然會矇對。

「不過，這『鱗葉』雖被稱為『葉』，它是沒有葉綠體的。而

『鱗葉』下方是『鱗莖盤』，『鱗莖盤』會向下長出根部；上面才是真正的葉子。」

「好可惜喔！我想錯了。」小妍說。

「不，妳並沒有錯，洋蔥真正的莖，長得相對粗短，且直立在中心，包覆這莖的就是鱗葉，至於整顆洋蔥可以說就是『鱗莖』。」

「你的意思是，我們吃洋蔥時就是吃它的『鱗莖』，只是大部分是『鱗葉』，少部分才是『真正的莖』？」

「沒錯，就是這樣。」

「那我說『莖』也沒錯囉！」

「也對。」

沒想到這麼常見的洋蔥竟然有這麼多的學問在，真是不虛此行。

在洋蔥大使的解說過程中，我不時的注意著玉米超人的狀況，但意外還是發生了，就在我們體驗如何切洋蔥，目光全被土豆接下來的搞笑給吸引的時候……

洋蔥的眼淚

「有一次我幫媽媽切洋蔥，結果害我一直流眼淚，我問媽媽為什麼會這樣，她只說下次放進水裡切就不會流淚了，當再問為什麼時，她只說這是阿嬤教的。」米粉妹突然插嘴道。

「可以親自動手實驗看看，或許可以讓你們印象更加深刻。」

親善大使話一說完，隨即從一小房間內拿出洋蔥、菜刀、砧板和一盆水出來擺在桌上。

「我先來，我相信憑我土豆的高超技術，不用水盆，我也不會『哭』。」

土豆瞪大眼睛表現出男子氣概爆表的模樣，但等他真正要切洋蔥時，卻又變成「瞇瞇眼」，一副很好笑的蠢樣。

「土豆，你是站著睡著了嗎？我怎麼看不到你的眼睛。」

米粉妹的話雖中肯，但「汙辱性」極強。

「妳別吵，我要切了。」

我們幾個退到離土豆約一公尺遠的地方，看著他切洋蔥，就當土豆「表演」後，緩緩轉身面向我們時，他的瞇瞇眼中已經有「男兒淚」滲了出來。

「哈……」

「哈……活該……愛耍帥……」

我知道我們不該嘲笑土豆，但他從頭到尾的表現，真的會讓人忍不住的發笑。

「當洋蔥被切開時，細胞就被破壞了，除了會產生刺激的辣味外，組織還會釋放出一種催淚物質到空氣中，若因此刺激到眼睛的黏膜，眼淚就會不自主的流了出來。」

親善大使忍住笑意，向我們說明會流淚的原因。

「喔……我懂了，如果放在水裡切的話，這刺激物質就不會飄進空氣中，眼睛也就不會碰到。」米粉妹恍然大悟的說。

「洋蔥真的滿『催淚』的。」我意有所指的說。

「那我下次戴著蛙鏡切總可以吧！」土豆異想天開的想法又把大

夥兒都惹笑了。

失控的玉米超人

突然，我們身後傳來物體落地的巨大聲響，我頭一轉，這時才發現玉米超人突然失去控制，開始破壞館內的設施，我知道此刻的他正被暗黑客給控制著。

「他應該是『中邪』了，我們洋蔥有驅邪的功用，快給他，快給他。」洋蔥大使大喊著。

「怎麼給……？」

此刻的玉米超人雙手亂揮，我們根本無法靠近。

「看我的。」

突然一顆洋蔥急速向前飛去，跟著「咚」一聲，直接擊中玉米超人的額頭，玉米超人跟著頭一仰，又是一聲「砰」的暈倒在地。

這時，土豆像是棒球投手的投球姿勢還定格著，我想他自己也很意外——怎麼會這麼準。

「玉米超人，你沒事吧！」

我們一起湧上前關心，土豆還一臉的愧疚樣。

不久，玉米超人悠悠轉醒，他一醒來立刻就對著土豆說：「謝謝你阻止我。」

看到玉米超人額頭腫成這樣，還微微出血，土豆被「感謝」得不知該笑還是該內疚，只能傻愣愣的問：

「你還好嗎？」

「我真的沒事，在裕民還注意著我時，我似乎還能壓住被影子控制的力量，但我清楚每個人都有自己的生活，不可能無時無刻的盯著另一個人，在來這裡的車上我想過，要解決我被影子控制的辦法也不是沒有，而且是最快，也最澈底的方法。」

「什麼辦法？」

當玉米超人主動說出事情還有解決的方法時，大夥兒忍不住的齊問。

「同歸於盡。」

「不可以……」

「絕對不可以……」

「玉米超人你不能有這樣的想法……」

「你不能這樣做，一定還有別的辦法的。」

大家疾呼著阻止著玉米超人的念頭。

洋蔥大使的鼓勵

「在洋蔥過去這段生長時期，確實是有一個『影子』總是趁機到洋蔥田來搞破壞，但我們沒有被擊倒。事實上，我們洋蔥從葉子開始長出後，就一直被『蔥薊馬』啃食，儘管這會讓我們爛掉，甚至死亡，但我們還是會繼續從土地裡擷取養分，努力的生長。春天，更是落山風最強勁的時候，我們的葉子還會被吹得亂七八糟，甚至仆倒在地，生長也因此被抑制，但為了生存，我們還是得和落山風抵抗，

『不經一番寒徹骨，焉得梅花撲鼻香。』，若沒經歷落山風和蔥薊馬的挑戰和攻擊，也不會造就恆春土地上甘甜又芬芳的洋蔥。」

聽到大使這麼說，我們無不露出欽佩的眼神來，我知道大使藉由自勵來鼓勵我們不要輕易放棄，而同時，或許他也感受到我們的「敬意」，露出淺笑繼續說著：

「沒有啦！其實躺在地上的感覺也不錯，春天的陽光晒起來還不會讓人感到刺痛，在乾燥風吹拂下，我們就像是做著日光浴般。」

「聽起來你們還滿『享受』的嘛！」

米粉妹話中有話，好在大使沒聽出來。

「就算陽光不強，晒久了應該還是會脫皮吧！」我問。

「是啊！我去年就是這樣，在海邊玩水時，以為陽光不強而疏於

防晒，結果被晒到脫皮，洗澡時，水這麼一沖，痛死我了。」

我對洋蔥的關心換來土豆搶先的搞笑回應。

「哈，我們洋蔥若晒到『脫皮』時，就表示差不多可以採收了。」大使也笑著說。

11 重返人類世界

儘管帶著洋蔥大使的鼓勵上車，但大家的心情還不是很好，車裡悶悶的氣氛，阿吉很快就感受到，我只是沒想到這人工智慧結晶的「虛擬阿吉」竟然這麼的敏銳。

「只有讓這九個怪咖食物小鎮，彼此之間更有相關的連結在一起，暗黑客才沒有機會取代任何一個小鎮，這或許就能破解你們遇到的難題，當然，還需要你們大家團結在一起才辦得到。」

阿吉提出的解決辦法很合理，我們也接受了，擁著疲倦的睡意，

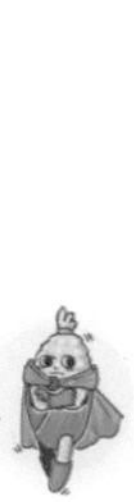

我們要離開這裡了。

從這趟「怪咖食物小鎮」旅程開始，因為有小妍在身旁的緣故，我並沒有急著想要回到現實世界的念頭，然而現在任務已經結束，也回到了倉庫，但時間似乎還是靜止的，這是怎麼一回事？

不只是我，大家都感覺到那絲的不對勁，在又餓又渴的生理需求下，倉庫裡的詭譎氣氛不斷的上升，心理壓力也跟著升高，大家你看著我，我看著你，每個人都盡力在控制自己的情緒……

「我們現在怎麼辦？」終於，米粉妹搶先爆發了。

「我們回來之前阿吉是不是有說『讓這九個怪咖食物小鎮，彼此之間更有相關的連結在一起』這樣的話？」小妍問大家。

「可是那是什麼意思？阿吉也沒說清楚。」土豆居然把問題怪到阿吉身上。

「土豆，不可以這樣，那時我們身心都累了，當時是不想問，還是忘了問也好，那都是我們自己的問題，既然是自己的問題，就得自己解決。」我說。

「都是我不好，是我連累了大家，要不是我……」

這時，始終站在倉庫角落的玉米超人說話了，但他一開口就是不斷的自責。

「你沒連累我們，是我們肚子餓了，在胡言亂語著。」

小妍連忙上前打圓場。

「沒錯，你看喔！我米粉妹有『米粉』可以吃，土豆有『土豆』可以吃，黃裕民有『玉米』可以吃，就只有小妍沒有『東西』能吃，哈哈哈！」

米粉妹開的玩笑一點都不好笑，但她提到「吃」這件事，倒是讓我靈光一現，忍不住的喊出「我應該知道阿吉說『讓這九個怪咖食物小鎮，彼此之間更有相關的連結在一起』是什麼意思了。」

「什麼意思？」

「食用部位，我們可以從這九種食物當中，找出其可以食用的部位連結在一起。」

「怎麼連結？」

「你看看地上的九宮格，我們玩○○XX遊戲時，不是三個相同的就能連成一條線嗎？」

「那是要連成幾條線才算呢？」小妍盯著地上的九宮格問。

「我也不清楚，但如果我們推測的方向沒錯的話，只要連成互有關聯的線，就能阻止暗黑客再去騷擾怪咖食物小鎮，時間停止的魔法也應該會就自動解除。」

怪咖食物小鎮的聯繫

「那我們就先從可食用的部位一個一個來確認。」我說。

「好，就這樣，土豆和米粉妹也一起幫忙。」

「沒問題。」

「那我開始說囉！宜蘭三星『蔥』。」

「主要是葉，和少部分的莖。」

小妍和我帶頭開始後，土豆跟米粉妹也很積極的投入。

「新北三芝『茭白筍』。」

「莖，地上莖。」

「臺中大甲『芋頭』。」

「一樣是莖，球莖，地下莖。」

「彰化二水『苦瓜』。」

「果實。」

「雲林元長『花生』。」

「果實。」

「不對，應該是種子，因為花生殼是不能吃的，如果是果實的話，那應該包含了花生殼。」

「臺南官田『菱角』。」

「果實，不對，它跟花生一樣，應該是種子。」

「臺南將軍『紅蘿蔔』。」

「根，塊根，地下根。」

「臺南白河『蓮花』。」

「蓮藕是地下莖，蓮子是種子。」

「屏東恆春『洋蔥』。」

「莖，鱗莖，地下莖。」

「地下莖跟地下根都是在地底下，我們要怎麼分辨，誰是『根』，誰是『莖』呢？」米粉妹突然問道。

「你還記得我們看到的『蓮藕』跟『紅蘿蔔』，它們在外觀上有什麼差別嗎？」小妍反問。

「蓮藕好像是一節一節的，但紅蘿蔔就沒有這樣。」米粉妹說。

「沒錯，除了這點之外，蓮花仙子還說過『蓮藕藕節上有未出土的葉芽及側芽』，這就是所謂的『芽眼』，而『節』和『芽』都是植物莖才有的構造。」

小妍條理清晰的說著，她的記憶還真驚人，蓮花仙子說過的話都能一字不漏的還原。

「沒錯，『地下莖』其實是植物生長在地下的變態莖的總稱，常見的有四類，像蓮花就是根狀莖；馬鈴薯是塊莖；芋頭是球莖；洋蔥是鱗莖。」我也做了詳盡的補充。

「那我們先將剛剛說的內容整理成文字資料後，再來連看看。」

「我來幫忙。」

小妍的字寫得很好看，米粉妹的也不賴，有她們兩個在，我和土豆成了「多餘」的人。

九宮格連連看

九宮格的正中央浮現了一朵蓮花，或許這跟蓮花同時擁有蓮藕和蓮子兩種食物有關，看來我們進行的方向是對的。

寫字雖不行，但好在我的腦子還可以，在她們兩個女生整理的過程中，我眼睛眨都不眨的盯著看，就在小妍和米粉妹將資料整理得差不多時，我有了發現。

苦瓜：果實

洋蔥：地下莖

花生：種子、果實（帶殼）

蔥：莖、葉

蓮花：地下莖、種子、水生植物

紅蘿蔔：地下根

菱角：種子、果實（帶殼）、水生植物

茭白筍：地上莖、水生植物

芋頭：地下莖、水生植物

「花生、蓮花和菱角可以連成種子線。」

「洋蔥、蓮藕和芋頭可以連成地下莖線。」

在我已搶先瞧出端倪連出一條線後，小妍也緊跟著說。不過，接著我們就卡住了，始終找不到第三條線。

「蔥的葉、蓮花的蓮藕和紅蘿蔔的地下根，可以連成『根莖葉』線，這樣我們就有

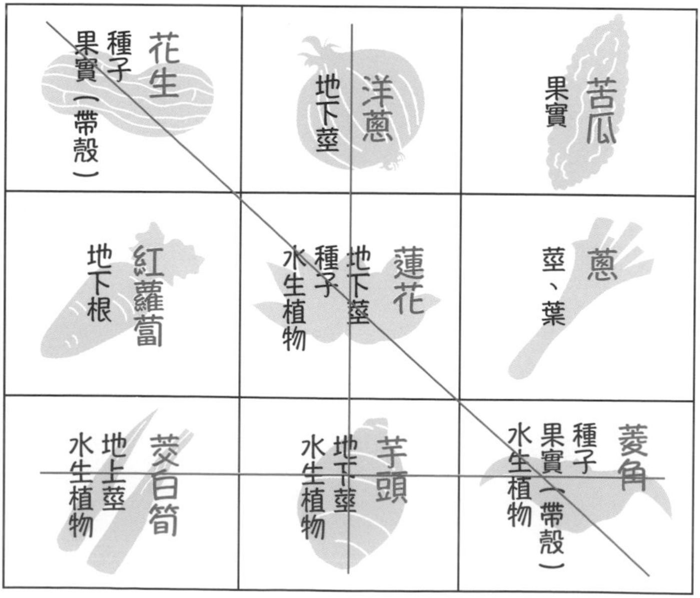

三條線了，耶！」

一旁始終靜靜看著的土豆終於說話了，還一副樂不可支的模樣，可是隨即遭到米粉妹打槍。

「『根莖葉』只是念起來比較順，它們哪裡有共同點。對啦！是有『三條線』，不過，是聽了你的話之後，我臉上出現『三條線』。」

「不對，阿吉只說『相關』，沒有說『共同』。」

「裕民說的沒錯，而且我覺得未必一定只限制在『食用』，如果連生長環境都算進去的話，那我們還可將菱角、芋頭和茭白筍連成水生植物線。」小妍提醒著。

「那我們再來檢視一下，看有沒有漏掉的。」我說。

「咦，苦瓜、紅蘿蔔、蔥沒有跟大家連成一直線。」

「那怎麼辦？我們是不是要重新排列組合。」

「不了，目前三條線應該是最多的了，而且我覺得它們也不太可能因為沒有跟其他食物連成一線而被玉米取代。」我說。

「苦瓜因為他曾是苦瓜精嗎？」

「不是，因為他跟玉米一樣，可食用的部位都是果實，這是其一。」

「其一？那還有其二？」

「其二就是我相信玉米超人最後能戰勝自己，擊退暗黑客。」

我邊說邊看了看一旁的玉米超人，而他也用堅定的眼神來回應我。

「既然跟苦瓜沒有直接關係，那現在時間確實仍在靜止之中，這要怎麼解釋？」土豆問。

「土豆，你還記得阿吉對我們說的最後一句話是什麼嗎？」我轉頭問土豆。

「不記得了。」土豆搖著頭說。

「阿吉要我們大家『團結在一起』。」

我話一說完隨即上前一步踏在九宮格裡，同時將手伸出來。

「對，團結在一起。」

在小妍也跟著做的同時，土豆和米粉妹也機靈的跟進。

「玉米超人，還缺你一個喔！」我說。

「我……」玉米超人有點不可置信，「沒錯，就是你，快一起來。」我們齊呼著。

當玉米超人的手，搭在我們四人的手上的那一瞬，一道明亮的陽光突然射進相對陰暗的倉庫裡，跟著，倉庫外似乎有聲音傳來，那是熟悉得不能再熟悉的聲音。

「豆花，你跑那麼快幹嘛！我追不上。」

外頭是文祥正在大喊，也不知道他追豆花是要做什麼，

但可確定的一點是，我們回來了，同時，玉米超人也不知何時「回到」我的褲環上。

「吱呀」一聲，我推開了倉庫的門，一道陽光就這麼射了進來，走出倉庫，燦爛的陽光從樹葉間的縫隙射下來，形成一束束有粗有細的光柱。

「回到人類世界真好。」

12 後記

也許是睡覺前水喝得太多，這一晚我突然從半夜中被尿急給「吵」醒，就在我走出房門時，竟發現通往頂樓的樓梯燈是亮著的，我隨手就將燈給關上，沒想到頂樓那邊仍有微光透了進來，我好奇的爬了上去，才發現頂樓的門是開著的。

「該不會是有小偷跑進來吧！」

就在我打算回去叫醒爸媽時，我聽到了一個微弱又熟悉的聲音從頂樓傳來，這熟悉的聲音讓我忍不住想去確認看看，於是打消了叫醒爸媽的念頭，決定自己先探個究竟。

我腳步放得很輕的來到頂樓的門口時就停了下來，因為我看到了玉米超人，他正背對著我在說話，因此完全沒注意到有人來到他的身後。

我想知道玉米超人說話的對象是誰，便又上前了兩步，這時我看到了自己的影子，在心裡一愣的同時也差不多有譜了，只是不清楚玉米超人在說什麼。

我壓低身子繼續緩緩前進，避免自己的影子先讓玉米超人看到，直到我聽到這樣的話。

「我在這裡過得很好，身邊有很棒的朋友，這一趟旅程解開了我心裡的糾結與遺憾，你不用再為我做些什麼了。」

附錄

怪咖食物小鎮「超級菜居民」圖錄

三星蔥貴公子

宜蘭三星地理環境與氣候特殊，所種植的蔥，蔥白長、蔥味濃郁、帶有甜味，成為蔥界大明星。

蔥能提升免疫力、不僅可以預防感冒，還富含果膠，可以預防便祕喔！

居住地：宜蘭縣三星鄉

筊白筍公主

熱量低、纖維豐富有飽足感，並含有豐富維生素，可促進新陳代謝。

禾本科菰屬水生植物，人類吃的部分就是因菰黑穗菌寄生刺激而形成的筍狀莖。

脆嫩鮮美清甜的減肥聖品。

居住地：新北市三芝區丘陵梯田

芋頭國王

香味濃郁、口
感軟Q鬆綿。

改善消化功能，緩
解腹瀉便祕，抗性
澱粉幫助減重，富
含礦物質，還可以
防止牙齒退化。

居住地：臺中市大甲區

苦瓜精

愛美就要吃
得苦中苦！

美肌控糖防痔瘡
的瓜中之王。

含有豐富的維生素C，可提高免疫力，而且苦瓜維生素E含量是絲瓜、絲瓜、香瓜的十倍以上。

彰化二水地區因濁水溪帶來富含微量元素的沖積土，原本就十分適合蔬果的生產，加上氣候得宜，一年可生產二期的苦瓜，更是以產量高、品質優良得名。

居住地：彰化縣二水鄉

花生土豆伯

我是豆科
植物啦！

養血補虛、趕走壞
心情的長壽果。

「土豆」是臺語對花生的稱呼，因為它的豆莢是埋在土裡悄悄長大的。「花生仁」是指去了殼的花生，整顆帶殼的花生是「果實」。

雲林元長鄉的舊名是「白沙墩堡」，有「多沙」的意思，土質鬆軟，十分適合喜歡生長在半沙半土環境的花生。

居住地：雲林縣元長鄉

紅菱姐姐（菱角）

菱角是全穀雜糧類食物，可取代白飯作為主食。

我不是暗器，我是美味的街頭小吃。

臺南官田是全臺菱角產量最多的地區，每年九至十一月是產季。這裡的水田是菱角和水稻輪作，春夏時期主要種植水稻，待採收後則改種菱角。

官田的菱角田還棲息著俗稱菱角鳥的第二級保育鳥類——雉尾水雉。牠們不吃菱角，只吃菱角田裡的害蟲。

居住地：臺南市官田區

紅將軍（紅蘿蔔）

我是繖形花科植物，跟蘿蔔家族沒關係！

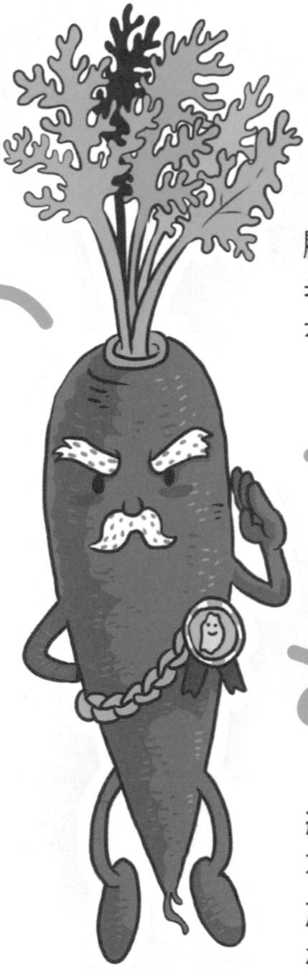

臺南將軍地區因地理位置靠海，在海風長年的吹拂下，讓這裡的土壤帶有鹽分，紅蘿蔔的生長較慢，但也因此累積了更多的養分，讓將軍出產的紅蘿蔔品質扎實，甜度也相對較高。

顧眼睛、抗衰老，功效驚人，有小人蔘之稱。

紅蘿蔔屬於繖形花科，而蘿蔔家族則是十字花科植物。

居住地：臺南市將軍區

蓮花仙子（蓮藕、蓮子）

我全身上下
都是寶！

蓮花的果實蓮蓬裡會有十幾到三十幾個小洞，每個洞都會有一顆蓮子，蓮子就是它的種子，可食用。

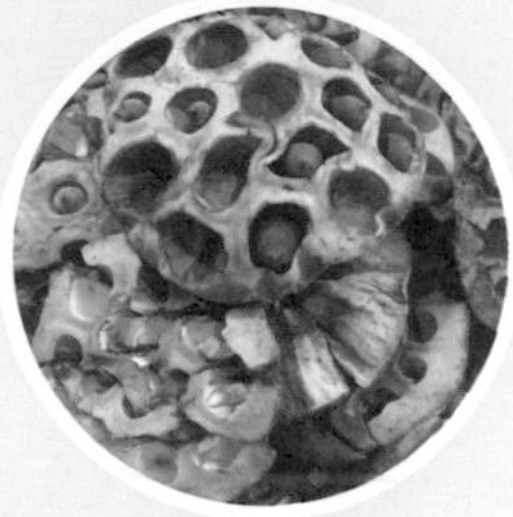

每年的五、六月是臺南白河蓮花競開的時期，這時蓮葉進行光合作用所產生的養分便開始儲存到地下莖，而這地下莖就是所謂的「蓮藕」。

蓮花喜歡生長在高溫且陽光充足的靜水水域環境。

居住地：臺南市白河區

洋蔥大使

落山風吹得好舒服，也讓我們變好吃！

溼熱的臺灣原本不利於需要陽光且乾燥環境的洋蔥生長，但屏東恆春地區因春季易有落山風的關係，讓環境相對乾燥，反而成了十分適合洋蔥生長的地方。

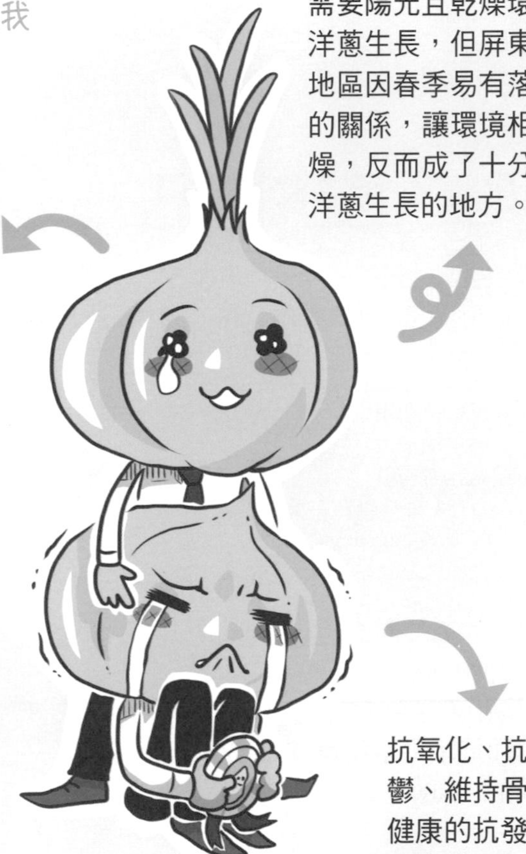

當強勁的落山風把洋蔥的葉子吹得亂七八糟，抑制蔥葉的生長，也將養分及甜味一起鎖在鱗莖裡，造就了恆春洋蔥風味佳、甜度高的特性，而這「鱗莖」就是可食用的「洋蔥」。

抗氧化、抗憂鬱、維持骨骼健康的抗發炎食物。

居住地：屏東縣恆春鎮

國家圖書館出版品預行編目資料

怪咖食物小鎮/阿德蝸著；米奇鰻 圖. -- 初版. -- 臺北市
：幼獅文化事業股份有限公司， 2023.03
面； 公分. --（故事館； 88）

ISBN 978-986-449-285-5（平裝）

863.596 112001865

・故事館088・

棄食島之 怪咖食物小鎮

作　　者＝阿德蝸
繪　　圖＝米奇鰻
出 版 者＝幼獅文化事業股份有限公司
發 行 人＝葛永光
總 經 理＝王華金
總 編 輯＝林碧琪
主　　編＝沈怡汝
美術編輯＝游巧鈴
總 公 司＝10045臺北市重慶南路1段66-1號3樓
電　　話＝(02)2311-2832
傳　　真＝(02)2311-5368
郵政劃撥＝00033368

印　刷＝威勝彩藝印刷事業有限公司
定　價＝340元
港　幣＝113元
初　版＝2023.03
書　號＝984278

幼獅樂讀網
http://www.youth.com.tw
幼獅購物網
http://shopping.youth.com.tw
e-mail：customer@youth.com.tw

行政院新聞局核准登記證局版臺業字第0143號